EUROPA ERLESEN | HERAUSGEGEBEN VON LOJZE WIESER

EUROPA ERLESEN
LJUBLJANA

Herausgegeben
von
Denis Poniž und Lojze Wieser

Wieser Verlag

Wieser Verlag
A-9020 Klagenfurt/Celovec, Ebentaler Straße 34b
Telefon: +43(0)46337036 Fax: +43(0)46337635
e-mail: office@wieser-verlag.com
Homepage: http://www.wieser-verlag.com
•
Der Verlag dankt den Inhabern der Rechte für die Genehmigung zum Abdruck der Texte. Für einige Texte waren die Inhaber der Rechte leider nicht zu ermitteln; Rechteinhaber dieser Texte werden gebeten, sich an den Verlag zu wenden.

Die Titel wurden zum Teil von den Herausgebern gewählt.

Lektorat: Annemarie Ribitsch
Gestaltung: Studio Bisart
ISBN 3 85129 281 2

Ante scriptum

Wenn nunmehr innerhalb von 18 Monaten knapp zwei Dutzend der kleinen Bände EUROPA ERLESEN vorliegen, so haben wir damit in der Reihe EUROPA ERLESEN die Markierungspunkte gesetzt. Nicht mehr. Wir haben Umrisse skizziert, wir haben Moskau und St. Petersburg im Nordosten, Dublin im Nordwesten, Venedig im Südwesten, Dalmatien am Balkan und Galizien im Südosten als bisher äußerste Punkte erreicht, und wir haben versucht, der »Erzählbarkeit der Welt treu zu bleiben«. Wir haben der Hoffnung Ausdruck verliehen, »daß dieser Kontinent, seit alters her in Kriegen geschunden und geschändet, seine Würde im literarischen Text bewahrt und seinen Sinn in die Kunst hinüberrettet« (Samo Kobenter, Der Standard*).*

Und wir sind zu neuen Ufern aufgebrochen. Wir haben »ein anderes Zeitmaß, eine andere Lebensrhythmik, ein anderes Licht« entdeckt, und wir haben, wie das DeutschlandRadio Köln *feststellt, »ein reizvolles Angebot für Entdeckungsreisen über Sprachgrenzen hinweg, ohne Visa« gemacht und wir haben, so Ursula Rütten, die Feature-Redakteurin, weiter, »Literatur als Fenster auf ein Europa ohne abschottende Mauern« geöffnet, »entlang von Wegweisern, die mal bekannte, auch unbekannte Autorinnen und Autoren aufgestellt haben, in Form von Gedichten, Tagebuchaufzeichnungen, Briefen, Prosatexten. Mal unvertrauten Blicks von innen folgend, mal dem fremden Blick von Reisenden, wieder ein anderes Mal als Streiflichter durch die Linse der Erinnerung an Kindheit und Heimat. Blicke auf Vergessenes, durch die Geschichte an den Rand Gedrängtes oder Getilgtes, etwa Juden oder Deutsche in Mähren. Einblicke in die Träume und auch in die Ängste der Menschen durch Jahrzehnte und Jahrhunderte und nicht zuletzt auch darauf, wie eine Stadt oder eine Region die Menschen auf Dauer prägt. Wo beginnen?«*

Die Politik ist anscheinend dazu verurteilt, der Logik des Machtausgleichs, des Lavierens und des Taktierens zu folgen, hin und her gerissen zwischen objektiven Veränderungen in der europäischen Wirklichkeit durch das Hereinbrechen des armen europäischen Ostens und der darin erwarteten ökonomischen Chance auf Ausweitung des Reichtums des europäischen Westens einerseits und dem subjektiven Wollen und Können, diesen Veränderungen Rechnung zu tragen, sie zu nutzen, die Grenzen im Kopf zu überwinden, andererseits. Bisher war, nach Clausewitz, Krieg die Fortsetzung der Politik mit anderen Mitteln. Der Krieg hat im Europa des ausgehenden XX. Jahrhunderts neuerlich und deutlich an die Tore geklopft. Das Echo ist noch nicht verhallt, schon kündigen sich noch lauter neue, blutige Auseinandersetzungen an. Man sollte meinen, aus all den Barbarismen des vergangenen Jahrhunderts seien die entsprechenden Schlüsse gezogen worden. Doch gerade das Gegenteil scheint der Fall zu sein. Das Gleichgewicht der Kräfte wich dem Chaos. Der einstigen Aufteilung Europas folgte der Kampf um die Neuaufteilung des alten Kontinents. Und auch wenn es heute unrealistisch erscheint, auch wenn es als naiv und politisch nicht mehrheitsfähig abgetan werden sollte, erlaube ich mir trotzdem, aus all dem Grauen, aus all den gewaltsamen Grenzverschiebungen und »ethnischen Säuberungen« neuester Zeit und vergangener Tage folgenden Schluß zu ziehen:

Europa am Beginn des XXI. Jahrhunderts braucht kein Nationalstaatlichkeitsprinzip, wohl aber eine Form des Zusammenlebens, in der sich Kulturen, Sprachen und Menschen unabhängig von Staatsgrenzen und politischen Notwendigkeiten entwickeln können, ihr Tun und Wollen aufeinander abstimmen, frei von der Stigmatisierung »Minderheit« oder »Mehrheit«, frei von Attributen wie »fremd« oder »bedrohlich«, unabhängig davon, Immigrant oder Emigrant zu sein.

Es ist hoch an der Zeit, die friedliche Koexistenz auf Menschen und nicht auf Militärblöcke zu beziehen, nicht den Kampf der Kulturen zu beschwören, wie dies neuerdings häufig zu lesen ist, diesem neuerlichen Stigma eine Sicht entgegenzustellen, in der die Notwendigkeit, das Vaterland mit Waffengewalt zu verteidigen, der Freiheit weicht, die Muttersprache ohne Beschränkung durch politische, staatliche, ökonomische oder andere Auflagen zu gebrauchen.

So wird die Kultur die Fortsetzung der Politik mit anderen Mitteln. Flanierend durch ein Europa der Unterschiede und der literarischen Bilder, möchten wir mit der Reihe EUROPA ERLESEN dazu unseren Beitrag leisten.

Lojze Wieser
November 1998 / Jänner 1999

Inhalt

TOMAŽ ŠALAMUN

(* 1941)

Der ungläubige Enkel

»Kinder, im Zug Triest–Wien schlaft ein.
Dazwischen ist nichts.«
(meine nonica Mila Gulič, 1891–1978)

Nick nicht ein im
Zug Venedig–
Wien, lieber
Leser.

Slowenien ist so
unscheinbar, du könntest es
verfehlen! Es ist kleiner als meine
Ranch östlich der
Sierra!
Steh lieber auf,
steck deinen Kopf durch das Fenster,
obwohl da geschrieben steht:
VERBOTEN!
Lausche meiner
goldenen Stimme!

JOŽE JAVORŠEK

(1920–1990)

Neunter Kreis: Unvorhergesehenes Spiel

Oh, wie gänzlich privat und gerade deshalb so belustigend sind doch die Ausblicke auf die Laibacher Burg! Mit ihnen könnten wir bis zum Tode spielen, denn Tausende und Abertausende ließen sich finden. Aber so ist es eben: ein Menschenleben ist so kurz!

Und doch: der schönste Blick auf die Burg ist jener, der im menschlichen Auge allmählich erstirbt, des späten Abends gar der Traurigkeit wegen, die immerfort die Sicht verhüllt. Am schönsten ist dieser Blick von ganz nah, und zwar von der Westseite der Burg, das heißt von dort, wo das Burggemäuer stumm auf den Kongreßplatz hinabblickt oder aber verträumt auf den Rožnik schaut. Die gotischen Konsolen der vier Basteien müssen von unten nach oben betrachtet werden, und zwar so, daß der Blick zum halbrunden Turm gleitet, den man Wehrturm nennen könnte und der gotische Fenster hat, über denen ein lächerlich würdeloser Burgturm mit Uhr und Aussichtsplattform aufragt. Der Blick ist so, daß man sehr schnell die Augen schließen und alles, was die Augen eingesammelt haben, in den unteren Kellerverliesen verstauen muß. Das Wichtigste ist nicht die Schönheit der Steingefüge oder die Harmonie zwischen den einzelnen Wahrheiten der Geschichte, sondern das unvorhergesehene Spiel zwischen unverrückbarer Geschichte und wechselhaften Wettererscheinungen.

– Es gibt aber noch den nächtlichen Blick auf die Burg, einen Blick, der entweder der Elektrizität oder einem schwärmenden Nachttraum oder nächtlicher Verzweiflung entspringt. Die Stadtbeleuchtung, die nach dem Willen der Stadtväter in den Nachtstunden ein milchiges Licht auf die Stadt wirft, gaukelt den Abendmenschen eine märchenhafte, aber doch verlogene Burgwelt vor. Das Licht ist so milchig und süffig, daß es die alte feste Burg in flüssiges Mondlicht verwandelt, das aber doch viel zu konzentriert ist, um für Trinker nicht gefährlich zu sein. Der Nachttraum aber bewirkt einen ganz anderen Blick auf die Burg: der Traum wandelt über sie hin wie über eine wunderschöne Urwelt, wie über den Kopf einer gekrönten Schlange, wie über eine schwer lastende Sinnlosigkeit, die zu dem wird, in was die nächtliche Verzweiflung die Burg verwandelt: zu einem Grabstein des Lebens.

ROBERT LÖBL UND ERNST NEUMAYR

(1976)

Ljubljana oder Laibach?

Ljubljana oder Laibach? Den slowenischen Satz »Ljubljana je glavno mesto Slovenije« würde ich übersetzen: »Laibach ist die Hauptstadt Sloweniens.« »Klagenfurt ist die Hauptstadt Kärntens« aber würde ich ins Slowenische so übertragen: »Celovec je glavno mesto Koroške.« Laibach erlangte in weltlichen und kirchlichen Belangen zwar niemals die Bedeutung einer Metropole, aber es war immer eine Stadt der Künste, die italienischem und deutschem Einfluß offenstand. Während die jugoslawischen Kunstdenkmäler der Renaissance sich an der Küste entlang aufreihen und nur im slowenischen Raum das Landesinnere erreichen, ist Laibach ein Ausstrahlungsort für den Barock, der weit in die östlichen Regionen vordringt. Nach Laibach drang der Barock im weiten Bogen über Mitteleuropa einerseits und andererseits über venezianische Vermittlung, angereichert mit Elementen des palladianischen Klassizismus. Die barocke Kunst auf jugoslawischem Boden schenkte dem Land eine Vielfalt an architektonischen Juwelen und krönte vor allem zahllose Hügel mit idyllischen Kapellen und Wallfahrtskirchen. Die Illusionsmalerei verbreitete sich genauso wie die Allegorik und Phantastik, aber in einem Land, wo die Türkenfeuer auch nach den großen Siegen »über die Türken« jederzeit aufflammen konnten, blieb der Barock gezähmter.

In Laibach residierte der Generalkapitän der Südgrenze Innerösterreichs. Zwar hieß es: »Gräntzluft macht frei«, doch alles ist relativ; erst 100 Jahre, nachdem der »Erbfeind der Christenheit« 1593 bei Sisak »ordentlich geklopft« worden war, gründeten Laibacher Bürger mit dem Wohlwollen der Jesuiten die »Academia operosorum«, die erst die Entfaltung des Barock ermöglichte und Laibach zum einzigen Kunstzentrum mit Werkstätten und Künstlerschulen auf südslawischem Boden machte. Seine Impulse spürt man bis in den Küstenraum, ins kroatische Innere und Steirische, wo sie auf nicht minder vitale Impulse aus Graz stießen.

Die Kreuzkirche, slowenisch Križanke, die Domkirche, Ursulinenkirche und die Kirche des heiligen Petrus sind die ersten Höhepunkte; die Baumeister sind Domenico Rossi und Andrea Pozzo. Laibachs barocke Malerei bestimmen Giulio Quaglio, France Jelovšek, Fortunat Bergant, V. Metzinger und der Kremser Schmidt, die Plastik Luka Mislej und Francesco Robba vor allem mit der Allegorie der Krainer Flüsse an der Fontane vor dem städtischen Rathaus.

Überhaupt prägten Akademien, Kollegien und Gesellschaften das geistige Leben des rührigen Laibach. Neben der Academia operosorum wirkte eine Academia incultorum, ein Collegium iuridicum und eine Societas militaris. Zur größten Ehre aber gereicht Laibach die Academia philoharmonicorum, die älteste Musikgesellschaft der Monarchie, 1702 gegründet und somit ein Jahrhundert älter als die Wiener Gesellschaft der Musikfreunde. Manche sehen ihr Geburtsdatum sogar im Jahre 1652, als die Jesuiten zur Pflege der Barockmusik in Laibach eine Gesellschaft gründeten. So aber berichtet eine Urkunde aus dem Jahr 1702:

»Am 8. Jänner 1702 hat die Academia der H. H. Philoharmonicorum den Anfang genomen. Der Anfenger ist Herr J. Berthold von Höffer, bei dem sich vierzehn eingefunden und den Schluß gemacht und ihme zum Director gesituirt. Am 30. Juli (desselben Jahres) hat die Academia der H. H. Philoharmonicorum ihre erste acta publica am Wasser Stromb Laybach mit Feyerwerch solemniter gehalten, welch acta zu sehen die ganze Stadt zugeloffen und alle Schüff biss auf ein Dienst gehabt, auch nicht genug vorhanden waren, die Leuth zu bedienen.«

Der Wiener Kongreß tanzte, der Laibacher hörte Musik: italienische Opern, philharmonische »Concerte« und barocke Kammermusik. Ehrenmitglieder der Laibacher Philharmonie waren – man staune ob der Anhäufung illustrer Namen – Haydn, Dussek, Paganini, Kreutzer und Beethoven, der sich mit der Pastoralsymphonie bedankte.

Römische Kaiser schritten über die Pflaster Emonas, Octavianus, Tiberius und Vespasianus etwa, die stets Ärger mit dem Osten hatten. Seit der Stern des Imperiums zu sinken begann, zogen Herrscher verschiedenster Stämme, Kaiser, Könige und Usurpatoren in umgekehrter Richtung durch Emona, so 238 der Thrazier Maximinus. Emona erwartete ihn ausgestorben und leergebrannt. Theodosius aber zog 150 Jahre später in die Stadt ein und besiegte dann mit Hilfe der Bora und seiner Krieger den Feind.

Nach dem Sieg Ottos I. über die Magyaren auf dem Lechfeld, 955, kamen deutsche Siedler ins Land. 973 schenkte Otto II. dem Bischof von Freising einen Besitz, »gelegen im Herzogthum und in der Grafschaft des Grafen Popo, welche ›Carniola‹ geheißen und allgemein ›Creina marcha‹ genannt wird«.

Wir sehen, das Krainerland ist nicht erst seit den Habsburgern in die mitteleuropäische Geschichte involviert. Laibach war aber seit des »Eisernen« Herzogs

Ernst Zeiten Habsburg treu, was der Kaiser einmal zum Beispiel damit huldvoll belohnte, daß er Laibach »das Recht ertheilte, mit rothem Wachs zu siegeln«.

Ljubljana ist ein Konzentrat slowenischen Wesens inmitten einer idyllischen Landschaft mit dramatischer Steigerung erst im weiteren Umkreis. Es ist auch Brennpunkt einer faszinierenden Vielfalt von Mundarten. Wer durch die slowenischen Täler und Lande streift, der stößt wie in den Alpentälern oder wie beim Sprung von einer griechischen Insel zur nächsten auf sprachliche Unterschiede, wie sie andere Sprachen großräumig nicht kennen.

Laibach präsentiert sich in irdenen Farben, es ist von Leben durchpulst, doch nirgends überschwenglich. Es ist nicht immer die Liebe auf den ersten Blick, die für Laibach entflammt, eher die Liebe aus wachsender Zuneigung, die dafür meistens länger währt. Laibach ist romantisch in einer Weise, wie es keine andere Stadt Jugoslawiens ist, seine nähere Umgebung von einem Liebreiz, wie ihn der kroatische Raum nicht kennt. Schließlich ist Laibach eine Welt für sich, die bei aller Aufgeschlossenheit ihr Eigenleben kultiviert. Es läßt sich mit keiner anderen Stadt Jugoslawiens vergleichen. Die übrigen Jugoslawen halten den Laibachern, den Slowenen ganz allgemein, ihre kleinbürgerliche Pedanterie vor. Nun, es ist nicht zu leugnen, daß die Slowenen, ungeachtet ihrer diesseitigen Lebensfreude, ungeachtet ihrer Vorliebe für eine deftige, ungekünstelte Küche, immer an das Lebensziel des eigenen Häuschens und Gartens denken. Doch ist bei solchen Vorwürfen auch eine Spur von Neid im Spiel. So beglückt also Laibach mit seinen warmen Farben und seinem barocken Gepräge, mit seiner sympathischen Lebensart und den verträumten Winkeln vor allem den nostalgischen Reisenden. Das Herz Ljubljanas beginnt erst so recht zu schlagen, wenn wir die dreiteilige, charakteristische und in ihrer Art einmalige Brücke Tromostovje überschreiten und durch die engen Gassen der alten Stadt schlendern. Die Laibacher sind an der Arbeit, eifrig, aber ohne Übertreibung gehen sie ihren Geschäften nach. Ab und zu erblicken wir zwischen den Giebeln einen Teil der Festung, in der Kaiser Friedrich III. und sein Sohn Maximilian I. vorübergehend residierten.

ALBERT KÖHLER

(1930)

Fahrt nach Laibach

Zwischen trauernden Pinien und rachedurstig rauschenden Fichten hinter Triest sehen wir vom Zuge aus das weltbekannte Schloß Miramare liegen. Nicht gar lange hat Maximilian darin seine Luftschlösser gebaut, und seit seiner Erschießung in Mexiko spiegelt sich das leere Gemäuer grollend und mahnend in der darum brandenden Meeresflut. Das zarte Hügelland atmet Ordnung und Fleiß. Wenn Italien auch die Namen der Bahnhöfe und die slowenische Inschrift auf den Gräbern übertünchen ließ, das Herz der echt slowenischen Bauern wird man nie und nimmer übertünchen können; ihrer Rasse und ihrer Kultur gebührt diese Gegend. Ein zweites Südtirol par excellence.

So geht's durch das eigenartige, faszinierende Karstgelände bis Adelberg. Das ist die italienische Grenzstation Postumia (slowenisch: Postojna). Mit den nahen Tropfsteinhöhlen, die ob ihrer Größe und bizarren Formungen Völker aller Zungen anlocken, hat Italien einen guten Griff getan, denn solche Naturperlen sind selten in der Welt. Die feldgrauen Zöllner an der jugoslawischen Grenzstation Rakek sind sehr kulant. Mit einer freundlichen Frage ist die Paß- und Zollkontrolle (der Deutsche kann ohne jugoslawisches Visum einreisen!) erledigt. Der Bahnhof liegt voller Holz, und in der Nähe surren potente Sägewerke. Ohne diese Naturgabe Holz wäre Slowenien ein armes Land.

Die sanften Hügel und freundlich sauberen Dörfchen, die wir nun streifen, sind im Winter ein billiges Eldorado für Skifahrer. Irgendwo quillt ein Flüßchen, nach dem Lai-Bach benannt ist, aus der fetten Erdrinde, schlängelt sich ein Stück weit durch grüne Wiesen und flüchtet sich wieder ins schützende Erdreich. Dreimal treibt der Fluß das Spiel. Ob er sich fürchtet vor den nahen Schwarzhemden?

Mächtig breitet sich die Ebene zu beiden Seiten der jungen Save. In jahrhundertelangen Kämpfen der Reformation, der jesuitischen Gegenreformation und gegen die Türken hat dieses Volk Energie und Mut und Fleiß gelernt. Seine Felder und Gärten pflegt es wie ein einziges großes Paradies voll Blumen, Früchte und Gemüse. Ausgeprägten Sinn hat es für Schönheit und Reinlichkeit. Die frischen, blonden Mädchen mit klaren Augen und rosigen Wangen muß man gesehen haben. Über der weißen, langärmeligen Bluse tragen sie das hellfarbige Mieder mit reicher Goldstickerei. Und farbenfreudig lugen unter dem dunklen Rock weiße Strümpfchen hinab in die derben Schuhe. Typisch ist das kunstvoll gestickte Kopftuch mit der kostbaren Goldhaube. Das ist der Stolz der Slowenin. Ich sage dir, wenn sie auch keinen Tituskopf oder Herrenschnitt und keine Bembergstrümpfe und keinen Leichner-Lippenstift und keinen Cotypuder in ihrem Inventar hat, und wenn du ob des langen Rocks auch keine plastischen Studien der Beine treiben kannst – sie ist in ihrer natürlichen Anmut dennoch zum Anbeißen und … na, verzeih, meine Frau rückt an!

Mit Herrn Pintar bummeln wir durch *Laibach* mit seinen 70.000 adretten Seelen. Ein trefflicher Cicerone, dieser Leiter des staatlichen Reisebüros Putnik.

Trotz seiner finde ich die engen mittelalterlichen Gäßchen, in denen Licht und Luft rationiert sind und die Giebel oben fast gegeneinander liegen. Aber auch die neu angelegten blumenreichen Plätze und Straßen mit respektablen Bauten finden wir. Der Regierungspalast gleicht dem Palazzo Pitti in Florenz. Und daneben, o Graus, weht eine schwarze Fahne im obersten Stockwerk: der Dachzimmermeister ist ein paar Etagen höher ins Jenseits verzogen! Die Trauerfahne im Fenster des Totenzimmers ist der billigste Totenzettel. – Plumpe Mauerreste mahnen uns der Zeit, da vor 1400 Jahren das römische Weltreich den heranziehenden Slowenen die Stadt und Provinz räumen mußte. Seitdem blieb Laibach wichtiger Knotenpunkt zwischen Ost-West und Nord-Süd. Besonders Rudolf von Habsburg und Maria Theresia hatten diese strebsame Stadt in ihr Herz geschlossen und förderten sie sehr. Man staunt heute noch über das gewaltige Schloß hoch oben auf dem sich einzigartig aus der Ebene erhebenden Kegel, worin das städtische Wohnungsamt arme Familien um ganz geringe Miete untergebracht hat. Vor uns das Denkmal des Freiheitsdichters Vodnik, der, als Napoleon 1806 das unabhängige Illyrien schuf, sein »Illyrien, wach auf!« durch die Lande schmetterte und dafür durch Österreichs Verfolgung in Armut starb. Vor uns ferner das Palais des Fürstbischofs, drei Gymnasien, Technikum, Handelsakademie und Konservatorium mit weltbekannten Lehrern, denn gerade die Musik blüht in Laibach. Selten trifft man ein derart sangeslustiges Volk. Überhaupt, Stadt und Land sind mit Bildungsinstituten übersät, die Slowenen sind ein hochkultiviertes Volk. Das zeigt schon ein Blick in die »Kavarna«. Da sitzt man vor dem Mokka und verschlingt Zeitungen aller Herren Länder. Die Kaffeehäuser sind wahre Lesekabinette. – Durch die Straße zieht ein Damensportklub, eine forsche Musikkapelle voran. In ihrer Turnhalle, die an Größe, Eleganz und Modernität der Einrichtung ihresgleichen selbst in Deutschland sucht, feiert man den soeben heimgebrachten Sieg. Und die ganze Stadt nimmt daran Anteil.

Das feudale Hotel Union und auch Elefant sind besetzt wegen der augenblicklichen Laibacher Messe. Ein flüchtiger Durchgang beweist uns die Leistungsfähigkeit des Landes für Früchte und Gemüse, Käse, Hanf, Getreide und Blumen. Dazwischen typische Stickereien und eigene Feldmaschinen. Wichtiger für die Laibacher ist abends die Vergnügungsmesse in respektabler Ausdehnung.

Vor dem Gartencafé Zwezda (slowenisch: Zvezda, der Stern) konzertiert das städtische Orchester. Eifrig bereitet man für morgen eine große Tombola (Lotterie mit Kirmes) vor. Und während wir hier zu Abend essen, kommt ein Händler und will mit mir »Paar-Unpaar« spielen; der arme Tropf verliert diesmal eine Tafel ausgetrockneter Schokolade nach der anderen. Diese Leute, natürlich Deutsch sprechend, kommen aus dem 50 Kilometer südöstlich gelegenen Gottschee, einer von Maria Theresia angelegten Siedlung von 12.000 Deutschen. Sie haben ihr Deutschtum echt erhalten, obschon sie als Hausierer traditionsgemäß das ganze Land durchziehen.

CARL VON HAILBRONNER

(1837)

Illyrien empfahl sich uns schlecht bei unserm Eintritt

In Marburg, wo wir Mittag machten, fanden wir alle Communication aufgehoben, und mit Mühe drangen wir bis Cilly, wo wir uns mit den berühmten steyrischen Capaunen Kräfte sammelten. Gegen Laibach wurden die Wege fast impraktikabel, der Schnee lag über mannshoch, und wir durcharbeiteten eine äußerst mühsame Nacht. Zu der Station von Podpetsch nach Laibach brauchten wir fünf Stunden und mußten immer vier Pferde vorspannen. Hier rieth man uns allgemein ab, den Weg fortzusetzen, da wir durchaus nicht weiter kommen könnten. Es waren eine Menge Reisende im Gasthofe versammelt, die hier seit mehrern Tagen auf die Öffnung der Straße warteten. Unser guter Humor machte schon Mehrere schwankend, allein es war uns nicht um größere Gesellschaft zu thun, und nur dem Ansuchen eines jungen Frauenzimmers, welches dringend nach Triest mußte, gaben wir Gehör und boten ihr einen Platz in unserm Schlitten. Laibach selbst stack so tief im Schnee, daß man mühsam Gassen für die innere Circulation ausgehauen hatte. Nach Ober-Laibach brauchten wir abermals fünf Stunden, und von hier an mußten wir uns fast immer mit dem Säbel in der Hand den Weg bahnen. Illyrien empfahl sich uns schlecht bei unserm Eintritt. Es kam mehrmals zu sehr lebhaften Auftritten zwischen den Bauern, die uns nicht ausweichen wollten, und unserer kleinen bewaffneten Macht, zu welcher sich noch ein österreichischer Genieofficier, Graf Benda, geschlagen hatte.

PETER VERVOORT

(1940)

Der fliegende Koffer

So fuhren wir nach Jugoslawien hinein, durch Jesenice, an Bled vorbei, zur nachtdunklen Zeit durch Sloweniens Alpenland seiner schönen Hauptstadt zu.

Ich aber und mein Koffer, wir zwinkerten uns verständnisvoll lächelnd zu. Ljubljana? frage ich hinauf, Joco Popovic! meldete er herunter. Hoho! Großartig gepolstert saß ich da, die feine Zigarre zwischen edel gespreizten Fingern, meine teuren Handschuh auf den Fingern; ich hatte meine Haltung wieder.

Ich schreite durch die Straßen dieser Stadt und spreche ihren Namen im Singsang leise lullend vor mich hin. Zu alten, schönen Hausgängen stecke ich meinen Kopf hinein, und unter das Zelt eines wunderlich gebauten Planwagens auf dem Bauernmarkte; zur bleigefaßten Butzenscheibe eines ehrwürdigen Palastes schaue ich und tief in die Augen der blonden Slowenin hinein. Ljubljana …

Wie hell und freundlich hier die Straßen sind! Die großen, festlich breiten, wo das Leben pulst und am Abend tausend Lichter gleißen. Und die kleinen, krummen, die voll dicker, kupferner Türklopfer gleich verwunschenen Nasen hangen und wo zur Sternenzeit alte Laternen träumen. Ich streife in der Stadt umher, vorbei an alterwürdigen Palästen, an melodisch singenden Brunnen, an manch schöner, barocker Kirche. Und ich verweile da und dort im Schatten antiker Mauern aus der Römerzeit, da dieser Ort gegründet und Emona hieß. Auf einem Platze in der Mitte von der Stadt steht ein Obelisk aus Granit, darunter die Asche eines französischen »unbekannten Soldaten der Großen Armee« ruht. Dies erinnert mich daran, daß ich hier in der einstigen Hauptstadt der Provinz Illyrien des großen Korsen weile. Und als ich auf einem Turme des altersgrauen Schlosses droben auf dem steilen Hügel über der Stadt stehe und von den Zinnen herab meinen Blick schweifen lasse ins blütenverhangene Tal der Save, herrlich weit hinaus über den Kranz der Berge ringsum, zu Füßen die Stadt gebreitet sehe mit ihren alten Giebeln und Gäßchen, den schönen Palästen und zwei Dutzend Kirchtürmen, – fürwahr, auf Schritt und Tritt wird man hier an Salzburg erinnert.

Und sie birgt wohl auch manch Bewahrtes aus ihrer Österreicher Zeit, diese Stadt. Nicht nur Barock und sichtbare Züge in ihrem äußeren Antlitz: nein, Prägung eines inneren Gehalts. Slowenien brachte, den blutsverwandten, benachbarten Ländern Kroatien und Dalmatien gleich, dem jungen Königreiche Jugoslavien ein reiches Erbgut mit: ein geistig und sittlich hohes Beamtentum. Aufgewachsen in Pflichttreue und Verantwortung durch Generationen hindurch, in hervorragenden Schulen gebildet, unbestechlich dank einer guten Besoldung und als ein besonderer Stand geachtet und geschätzt, ausgezeichnet durch einen hohen Ehrbegriff, – dank dieses reichen Erbes stellen die Slowenen, mit den beiden genannten Volkschaften ähnlicher Tradition und Entwicklung, die vielleicht tüchtigsten Beamten im südslawischen Königreiche. Dies bedeutet unermeßlich Wertvolles für einen jungen, modernen Staat, der sich mählich bildet aus Ländern mit großer Vergangenheit und Volksteilen verschieden alter Kultur, verschiedener Religion und so gänzlich verschiedener Mentalität: eine mitteleuropäische im Stromgebiet der Donau und in alpiner Region; an der adriatischen Küste eine mediterrane, südliche; im moslemitischen Bosnien aber und in

Mazedonien drunten eine ausgesprochen östliche Lebenshaltung, eine morgenländische. Da bedeuten die Beamten aus Slowenien und Kroatien in der Tat die ersten Stützen und Bauleute dieses großen, noch so jungen Staatsgebildes, die wahren Kulturträger im Lande.

Doch was verstehe denn ich von Beamten und Staatsgebilden! Eher schon etwas von dem anderen inneren Gehalt österreichischer Prägung: Kaffee. Ah! was es hier für Kaffeehäuser gibt! Du trittst hinein – zuerst die Nase, dann die Augen: Hier ist es gut sein! Kaum sitzest du dort auf dem Kanapee behaglich für dich allein am Fenster des Ostens, und die aromatischen Ströme würzig guten, starken Kaffees, die vorhin deine witternde Nase trafen, haben noch kaum deinen Gaumen zum Vorgeschmack berührt und dein Herz wie mit Weihrauch umschwängert und es wohlig leise erbeben lassen, daß es geradezu freudig dem Kaffee entgegenwiehert, als auch schon ein freundlicher Herr in Weiß sich liebevoll zu dir herabneigt und wie in Andacht fragt: Einen Schwarzen, der Herr? Oder belieben Kapuziner oder Weiß?

Einen Schwarzen, antwortet der Herr und betont: Ohne Zucker, bitte!

Da schwankt er ein wenig, der Liebevolle in Weiß – ohne Zucker!? Doch alsgleich fliegt ein Schimmer von Weltkenntnis über sein Gesicht: Ah! der Herr geruhen aus Dänemark zu sein? Und darauf verneigt er sich höflich – ergebener Diener! – und eilt von dannen. Er bleibt vielleicht etwas länger aus; aber dann kommt er mit einem extra starken Kaffee an, mit einem außergewöhnlich guten. Weshalb sollte da der Herr nicht geruhen aus Dänemark zu sein!

Ein Täßchen Kaffee und zwei Glas Wasser, eine Schüssel voll lecker duftender Kipfel dazu. Nachher verschwindet das alles, eh du dich's hast versehen, und ein Tablett steht vor dir mit neuem Wasser, zwei, drei, fünf Glas Wasser. Daneben ein Berg von zwanzig Zeitungen. Siehst du, auch dies ist ein Bewahrtes von der Prägung inneren Gehalts, ein Erbgut aus Österreicher Zeit.

Und noch einmal Kaffee für den dänischen Herrn. Ich koste, ich schlürfe, schließe andächtig die Augen ... Gott erhalte Franz den Kaiser!

Ljubljana ...

Ich schreite eine lichte Allee hinauf, halb im Träumen, halb im Suchen und Schauen. Durch das Laub der hohen Bäume bricht strahlend goldener Sonnenschein. Sind das nicht Birken? Nein, schlanke Pappeln stehen hier zu beiden Seiten, sie wiegen sich leise im lauen Wind und flüstern mir einen Namen zu. Er klingt mir im Ohr, liegt leise lullend auf meinen Lippen: Ljubljana! Und mir ist so wunderlich.

Junge Frauen und Mädchen begegnen mir. In ihren prunkvollen Festtagsgewändern kommen sie anmutigen Schrittes gegangen, mit wiegenden Röcken, mit leuchtend bunten Bändern vom Mieder über der weißen, goldbestickten Schürze herab, mit herrlich blumigem Schultertuch. Breite Spitzenkrausen schmücken Ärmel und Hals, und über dem blonden Haar wölbt sich schneeweiß die bauschige Haube, handbreit eingefaßt mit einer prachtvollen Goldborte, an der unteren Kante von duftiger Spitzenrüsche umsäumt. Im Nakken hängen zwei breite, goldgewirkte Schleifen von der Haube herab. Wohl nirgends auf der Welt ist ein schönerer Kopfschmuck zu sehen, als ihn hierzulande die hochgewachsenen, blonden Frauen Sloweniens zum Festkleide tragen.

Sie begegnen mir auf der güldenen Allee, und ich schaue sie an; ich bleibe stehen und blicke ihnen lange nach. Wiegenden Ganges schreiten sie zu einem Fest in die Stadt hinein. Ljubljana! murmelte ich vor mich hin, und ich fühle, ein Lächeln liegt auf mir. So schreite ich weiter und erzähle mir selber etwas. Oh, hier sollten Birken stehen! sage ich. Und diese Allee dürfte niemals zu Ende gehn!

Und plötzlich muß ich an den großen Dichter Sloweniens denken, der das herrliche Buch »Mädchenlieder« schrieb: Silvin Sardenko, der Priester ist und als Dichter ein Bruder Francis Jammes. Lebte er hier in Ljubljana und ist diese verträumte, goldene Allee im Abend gegangen, als er seine Mädchenlieder schrieb, die zur schönsten Lyrik zählen, die je in slowenischer Sprache gedichtet wurde?

Erinnert Ljubljana denn nicht an einen Mädchennamen? An ein Mädchen mit Goldaugen, von dem man träumt und nach dem man Sehnsucht trägt. Klingt es nicht wie ein zärtlich geflüsterter Kosename, an denen die slawischen Sprachen so reich sind wie keine anderen mehr auf Erden? Ljubljana ... wie das ängstliche Klopfen des bittenden Herzens, wie verhaltener Jubel und lullenden Munds.

Bei einer kleinen Kapelle weit draußen am Wege stand plötzlich ein junges Mädchen vor mir, festlich gekleidet wie die anderen vorhin. Sie trat auf mich zu und fragte etwas – vielleicht nach der Zeit, vielleicht nach ihren Freundinnen, ob die mir begegnet? – ich verstand ja nicht. Nein, ich stand vor ihr da und schaute sie nur immer an. Da sah sie mich wieder an, und zuletzt war ein Lächeln zwischen uns.

Und noch lange stand ich bei der Feldkapelle und sah dem Mädchen nach, das munter die Allee hinunter schritt, bis sie im Dämmern meinen Blicken entschwand. Ljubljana, hatte ich in meiner Verwirrung zu ihr gesagt. Darum lächelte sie. Und ich denke mit diesem Namen an das holde Kind. Ihr hübsches Lächeln vermeine ich heute noch zu sehen, und die goldene Haube, wie ein Heiligenschein über ihrem süßen, hellen Gesicht ...

ERNST MORITZ ARNDT

(1769–1860)

Sehnsucht nach der Ferne

Laibach, den 20. September
Hier sitze ich in der Gesellschaft von einigen Offizieren, Kaufleuten, einem Pächter und einem exilierten italienischen Marchese im »Stern« an einer guten Gasttafel und lasse mir Wein und Essen wohl schmekken. Die ganze Unterhaltung, bei der ich klug den Zuhörer mache, dreht sich meist um den jetzigen Krieg, und das Thema aus aller Munde ist: »Quest'e una cattiva guerra, il Buonaparte e una grandissima testa.« Der König von Preußen heißt nur: »il traditore, il distruttore della Germania e della Casa d'Austria«.

Endlich gegen zehn Uhr trennt sich die Gesellschaft, und ich schreibe.

Von Franz an geht der Weg meist durch ein enges Bergtal, dessen Berge nicht hoch, aber unbebaut und mit bloßem Buchen- und Eichengestrüpp bedeckt sind. Hie und da lehnen sich einzelne Wirtschaften und Dörfer an den Berg oder an eine Wiese. Endlich, nachdem man drei Meilen gegangen ist, breitet sich mit Wiesen und Feldern eine feine Ebene aus, worauf man indessen nichts sieht als Heidekorn und einige Streifen Klee. Das Gebirge rechts wird höher und wendet sich von Süden mehr nach Westen, indem es mit weißen und schroffen Zacken in die Wolken steigt. Man geht selbst jetzt auf der Heerstraße ganz in den Westen hinein und hat links eine weite Fläche. So kommt man eine Stunde vor Laibach auf die Brücke der Save und hat eine der lieblichsten Aussichten, die sich denken lassen. Der Strom fließt rasch wie ein echter Bergsohn, bald seicht, bald mit tiefen Strudeln, südwärts. Rechts stehen große Berggruppen mit Trümmern alter Schlösser, links im Süden sieht man die Burg oder das Kastell von Laibach und den Strom und vor sich eine lachende Ebene. Ich wanderte im Schimmer des freundlichen Abends in Laibach ein.

Diese Stadt liegt zu beiden Seiten der Laibach, die eine halbe Stunde von hier in die Save fließt; sie ist meist unregelmäßig und hügelig, besonders nach dem Kastell hin; übrigens ist sie ganz offen: Die Vorstädte umher sind kümmerlich und haben die Häuser und Scheunen zum Teil mit Stroh und Schindeln gedeckt. In der Stadt sieht man jedoch wenige Schindeldächer. Die beiden besten und geradesten Gassen sind unstreitig die, die zu dem großen Platz hinführt, und die Wiener, und man findet da manche recht hübsche Häuser, ja einige schon nach italienischer Weise mit flach werdendem Dache. Das Pflaster ist schlecht, und die Rinnen der Gassen sind meist in der Mitte. Die Hauptkirche ist groß und hat ein Paar stattlicher Türme. Ich mußte dort gleich beim Herausgehen niederknien, so sauer auch meinen Knien diese fromme Übung ankam. Man kungelte eben die geweihte Hostie zurück, und alles Volk stürzte wie angedonnert sich bekreuzigend zu Boden. Schön liegt das alte Schloß östlich von der Stadt mit seinen Türmen und Mauern unter grünen Bäumen, die wie ein Wald bis unten an die Stadt hinablaufen. Schöne Menschengestalten habe ich hier vergebens gesucht, so sehr der große Platz und die anderen Tummelplätze von Menschen auch wimmelten. Desto mehr Pfirsiche, Weintrauben, Zitronen, Schildkröten und Krebse sowie alle Arten Korns sah ich und hörte das gellende Zusammenklingeln der Tiroler und lombardischen Ausschreier von »salami veronesi« und »formaggi parmigiani«. Überall merkt man es an den Preisen und Speisen, daß man Italien näher kommt. Die Speisen sind wirklich derber und doch viel schmackhafter und leckerer zubereitet als weiter unten, aber dafür muß man auch, selbst in elenden Dorfschenken, alles doppelt bezahlen.

Freitag, den 21. September

Mein Weg ging bis Oberlaibach eine Meile durch Blachfeld, mit Waldbergen und Hügeln zu den Seiten und Heidekorn, Klee, Kohl und Rüben auf den Feldern.

Das Land scheint nicht fruchtbar, so wie die gestrige Ebene und auch die gestrigen Berge den vorigen nicht gleichkamen und kaum Wein, *Kukuruz* (so nennt man den Mais) und Himmelstau zeigten. Es ist häufig ein kalter Moorgrund mit Binsen und Torfgras. Hinter Oberlaibach geht nun eine ganz eigene Gegend an, welche mit mehreren niedrigeren Abwechslungen bis Triest über zehn Meilen fortdauert. Schroffe Berge steigen gleich hinter diesem Dorfe empor, und sie sind nicht niedrig. Man hat den Weg mit großer Arbeit in tausend Windungen durch das Waldgebirge geführt und hie und da erhöht, mit Seitenmauern gestützt und mit Brücken und Gemäuer über Tiefen und Abgründe geleitet. Die Seitenwände der Berge sind teils mit Buchen und Eichen bekleidet, teils kahl, und der Weg läuft bald tiefer, bald höher. In den Gründen haben sich denn die Menschen angesiedelt und den Steinen und undankbaren Bergen kleine Wiesen und Felder abgewonnen. Die Dörfchen sind jedoch wirklich besser gebaut, als man dies in einer so öden Bergkluft erwarten sollte. So mußte ich einen heißen Tag auf- und abklettern, bis ich nach Planina kam, das mich reichlich für alle Mühen entschädigte, so wild und romantisch liegt es da, hart unter dem Gebirge. Im Südosten ist eine tiefe Schlucht unter schönen grünen Wiesen, durch die ein Waldstrom unter einem alten Turm hinrauscht.

JOSIP MAL

(1957)

Doch nahm die Farbskala stark an Buntheit zu

Spärlich sind die Angaben, die wir für die Tracht unserer Bürger und Bürgerinnen zusammentragen können. Für das Mittelalter gibt es keine Regeln und unmittelbaren Beschreibungen, sie werden uns aber teilweise durch die Bilder alter Fresken, Miniaturen, Statuen, Grabsteine und Siegel aus der künstlerischen Periode des alten Laibachs ersetzt. Schon im Spätmittelalter können wir jedoch von einem wesentlichen Unterschied zwischen der städtischen und der bäuerlichen Bekleidung sprechen. Die städtische Kleidung folgt immer mehr dem Einfluß der allgemeinen (venezianischen, später der Pariser) Mode, und es gibt keine Gott weiß wie großen Unterschiede zur Tracht in anderen Städten Mitteleuropas. Aber völlig unbeeinflußt von der Umgebung war sie trotzdem nicht, was vor allem für die weibliche Kleidung gilt, waren doch die Vorstädte (Krakovo, Trnovo, Šentpeter und Šiška) völlig bäuerlich. In einer Widmung an König Maximilian schreibt Trubar (1562), daß die, »welche aber im Lande Krain, Untersteyer und Kärnten sitzen und ihre Wohnung haben, die halten sich nach Art und Eigenschaft der Deutschen, kleiden sich auch auf deutsch, allein daß die Weiber besondere lange Schleier am Kopf tragen«.

Valvasor lobt die Laibacher, sie seien in der Kleidung so reinlich und schmuck, daß sie sich in dieser

Hinsicht mit gleich welchen Bürgern Deutschlands messen können. Die Vornehmen kleiden sich auf deutsche Weise oder à la française. Mit ihnen wetteifern die Frauen und Töchter angesehenerer Bürger, wobei jeder die andere im Glanz zu übertreffen suche. Die Kopfbedeckung ist ein weißer Schleier (das weiße Kopftuch des Volkes eben) oder ein gekräuselter Flor. Dies sei einst die Tracht adeliger und sehr vornehmer Matronen gewesen. Um sich aber von dem gewöhnlichen Volk in etwas Besonderem zu unterscheiden, hätten sie schließlich auf deutsche Art schwarzseidene Kappen oder Flöre zu tragen begonnen, worin die übrige weibliche Welt sie nachahme. Weiße Schleier seien seit jeh in ganz Krain zuhaus, auch bei den Bäuerinnen, nur seien sie aus gröberem Gewebe, gleichviel aber gefältet und gerüscht.

Daneben waren in der zweiten Hälfte des 17. Jahrhunderts bei den Frauen mit goldenen Kettchen geschmückte Filzhüte beliebt, von denen die Hutmacher mehr verkauften als Männerhüte. Aber schon nach dem Mittelalter bis zum Beginn des 19. Jahrhunderts war die Haube die wahre weibliche Kopfbedeckung. In der älteren Zeit waren diese Hauben mit buntem Fellbesatz gesäumt, um das Jahr 1600 war der Haubenstoff oft mit Goldfäden durchwirkt und mit goldenen Plättchen belegt, zu Beginn des 18. Jahrhunderts ist schon die ausgesprochene »Krainer« Haube bekannt, dieser zur Seite stand zur Mitte desselben Jahrhunderts als Variante die Haube mit niederländischen Spitzen. Aus grauer Vorzeit war auch die weiße Leinenpeča bekannt und beliebt, für die in späteren Jahrhunderten vor allem die adeligen Frauen

– dann aber auch allgemein – Schleierstoff, mitunter auch Seide verwendeten. In Inventarverzeichnissen werden im Jahre 1604 peče mit goldenen sowie roten und schwarzen Seidenfäden erwähnt.

Im 16. Jahrhundert kamen Taschentücher in Gebrauch, später auch Halstücher als Krawatten. Außer Handschuhen werden in Hinterlassenschaftsverzeichnissen oft französische, Mailänder und Neapolitanische Seidenstrümpfe und Hamburger, Brüsseler, Niederländische, Grazer, Idrijer Spitze sowie silberne und im Feuer vergoldete Frauengürtel erwähnt; mit der Mode des langen Haares unter Ludwig dem XIV. kommen Schlafmützen auf, die notwendig wurden, weil die warme Perücke nachts abgelegt wurde. Man trug Fuchs-, Schaf-, Bilch-, Wolfs-, Luchs- (noch 1727) und Marderfelle, die Gräfin von Auersperg prangte 1790 in einem Zobelpelz. Besonders werden mitunter kroatische, ungarische und polnische Felle erwähnt, im Jahre 1690 auch ein rotes Kamisol aus dem Fell einer Wildziege, Lederhosen, weibliche Ledermieder, Schlafmäntel, Schlafhosen, Bademäntel, Brokatwesten; Mitte des 17. Jahrhunderts wird in einem Nachlaß ein Regenmantel aus gewöhnlichem rotem Stoff erwähnt, einige Jahrzehnte später wieder ein blauer Regenmantel, dazwischen, im Jahre 1667, auch schon ein grüner Regenschirm, und im Jahre 1754 ein Sonnenschirm (Parasol).

Der Franzose Jean Paul Bres schreibt in der Zeit des Laibacher Kongresses, daß die Frauen im allgemeinen liebreizend seien und sich so kleideten wie die Pariserinnen. Trotzdem bleiben die Schönen aus dem einfachen Volk lieber bei der alten *Krainer Tracht*, die keinesfalls ohne Charme ist. Zwanzig Jahre zuvor stimmt mit ihm ein Landsmann, ein französischer Offizier, mit der Behauptung überein, daß den Laibacherinnen die allmächtige Mode das Gewand diktiere, daß ihr Äußeres ihn aber in jeder Hinsicht an die Schönen Italiens erinnere.

In der Biedermeierzeit beschreibt der Arzt Lipič die gewöhnliche Tracht der Laibacher: Die Männer tragen einen hohen Filzhut, im Winter eine Pelzkappe, im Sommer einen Strohhut, schwarze, knielange Krachlederne, blaue Wollstrümpfe, hohe Stiefel, eine hohe Jacke und einen braunen Rock ohne Kragen sowie einen weichselfarbenen Mantel, ein Halstuch, Gürtel und Weste mit Silberknöpfen. Die Frauen haben ein kurzes Hemd, einen wollenen oder leinenen Unterrock, ein Schürze, ein Halstüchlein, Strümpfe, flache Schuhe, ein kurzes Kamisol, einen Rock, das Haar zum Zopf geflochten, auf dem Kopf ein schwere Haube oder ein weißes, frei hängendes oder gebundenes Tuch. Vor der Kälte schützen sie sich mit Schafspelzen. Die mittleren und höheren Stände richteten sich auch nach der wechselhaften Mode, während die einfachen Leute auf dem Land oder in den Vorstädten sich nach der alten Mode kleideten und die fremde französische, italienische oder englische Mode mit Verachtung zurückwiesen.

Einem italienischen Reisenden zu Ende des 15. Jahrhunderts fiel auf, daß die adeligen Frauen in unseren Gegenden Mäntel aus Fuchspelzen trugen, die ihm der Form nach nicht schön erschienen, aber teuer und sehr nützlich bei Kälte und schlechtem Wetter. Pelzwerk war bis hin zum 17. Jahrhundert sehr beliebt; wenn nicht zur Gänze, so war das Gewand doch zumindest teilweise damit gefüttert oder gesäumt. Später wurde es auf Grund behördlicher Kleidungsvorschriften weniger verwendet. Dennoch ließ sich der Luxus in der Bekleidung nicht unterdrücken. In seinem Vorwort zum Neuen Testament (1577) klagt Trubar über die Verschwendung »mit dem Gewand und den Gastmälern. Wir bekleiden und behängen jetzt unsere rotzigen Köpfe, stinkenden Bäuche, dreckigen Füße mit lauter Samt, Damast, Scharlach, Seide, Gold, Silber, mit Perlen und Edelsteinen«. Auch Berichte von anderer Seite erzählen von Samt, Seide und Plüsch, von böhmischem, holländischem und französischem Stoff und von Mitgliedern des Laibacher Stadtrates, die sich in Scharlach bzw. in schwarze Talare kleideten. Überhaupt war die schwarze und rote Farbe gewöhnlich für die Bürger, die graue für die Bauern, rot kleideten sich zumeist die Adeligen, doch nahm die Farbskala in der Barockzeit stark an Buntheit zu.

EDWARD SAMHABER

(1846–1927)

Ein ganz eigener melancholischer Hauch

Es war neblig und kalt. Aber immer höher stiegen die Nebel empor und bei klarstem Sonnenscheine gieng es in die Berge durch die grünende Steiermark. Ueber

Kärnten lag die Dämmerung, Krain barg sich in tiefe Nacht. Ich war in Laibach. Ein Morgen kam ohne Nebel und Wolken. Ich stieg sofort auf den Schloßberg und war entzückt. Den waldgrünen Berg, der isoliert aus der Ebene steigt, fast auf allen Seiten umfangend und sich hart an seine Brust schmiegend liegt Ljubljana, das liebliche Laibach. Von einem keuschen Mauergürtel umschlossen entzieht sie sich fast ganz dem lüsternen Auge des Reisenden, der vom Bahnhof nach Süden fährt und nur einigermaßen an dem freundlichen Wiesengrunde Entschädigung findet, der, von dichtbelaubten Kastanienalleen mit hoch sich verzweigendem gothischen Blätterdache durchkreuzt, vom Nordende der Stadt bis hart an den Šiškaberg zieht, an dessen Fuß das lauschige Tivoli lagert. Vom Norden blicken die Alpen, vom Triglav an, der so selten aus wolkigem Mantel taucht, bis zum zuckerhutförmigen schneeigen Grintouz in den herrlichen Steineralpen, ein pittoresker Felsengürtel, dem sich am Nordsaum der Ebene, isoliert aufragend, der doppelgipflige Kahlenberg vorgestellt hat, mit weithin schimmernder Kirche auf der rechten waldgrünen Kuppel. Und so weit du schaust, eine lachende Ebene! Und wer kann all die Kirchen und Thürme zählen, die wie Sternlein aus dunklem Aether bald da, bald dort in wechselnden Farbentönen dem Auge entgegentreten! Nun wende den Blick nach Süden! Da träumt das Laibacher Moor mit dem gelichteten Stadtwald, rings am Horizont malerisch gruppierte Hügel und Berge, streng nach Süden der verläßlichste Wettermann, der lohnende Krimberg. Es liegt über dem Allen ein ganz eigener melancholischer Hauch und man könnte auf der Höhe des Schloßbergs, je nachdem man sich wendet, bald das Uhlandische »des Knaben Berglied« singen und in die Weite jodeln, oder wieder ein Lenauisches Stimmungsbild declamieren, wenn nicht die grauehrwürdige Veste mit dem würfelförmigen Hochwartthurme »das Lied des Gefangenen« auf deine Lippen bannte. Leider blieb es nicht so. Die Nebel kamen und durch Wochen und Monate war es feucht und grau. Die Sonne lernt man lieben, wenn man sie nicht hat. Das ist eine Gottesstunde, wenn sie eine Wolke bezwingt und flüchtigen Gruß entsendet.

JOŽE JAVORŠEK

(1920–1990)

Achter Kreis: Ungewöhnlich schön ist der Anblick der Ljubljanica

Von der Schusterbrücke bis zum Tromostovje ist es nicht weit, und doch ist es weit für jene, die die Schönheit lieben, denn links und rechts der Ljubljanica ist die Schönheit in ihren einfachsten Formen zuhause. In ihrer höchsten Form aber wird diese Schönheit durch das Tromostovje symbolisiert, das auch in seiner heutigen Gestalt Plečniks Einfall ist. Die mittlere Brücke ist Fahrzeugen vorbehalten, die beiden Nebenbrücken gehören den Fußgängern. Mit den sich anlehnenden Treppen und Balustraden ist das Tromostovje ein wunderbares architektonisches Gedicht, von dem Meister Plečnik vermutlich einen noch schöneren Traum hatte, denn die Wirklichkeit ist immer wach und immer schwächer als der Traum. – Ungewöhnlich schön ist ist der Anblick der Ljubljanica von jeder dieser drei Brücken; dieser Anblick enthüllt erst die Monumentalität dieses Drei-Brücken-Konzepts.

Die Stritarjeva ulica, die nach dem Erdbeben 1895 entstand, führt uns ins Herz des alten Laibachs. Dort steht der Brunnen der slowenischen Flüsse, ein Werk von Francesco Robba. Den Brunnen bildet eine dreiblättrige Muschel mit barocken eckigen Einschüben; zu dieser Muschel führen polygonale Stufen. Aus der Muschel erhebt sich ein dreieckiger Pfeiler mit barockem Zierrat, ein Obelisk, der jeder noch so prunkvollen Stadt zum Stolz gereichen würde. Aber wo sind die Darstellungen der slowenischen Flüsse? Am Fuß des Obelisken lehnen auf fast stilisierten Felsen Greise mit mageren Muskeln und außerordentlichen Fußsohlen, wo zwischen der großen Zehe und den übrigen Zehen eine verdächtig große Entfernung klafft. Sind die Flüsse Oden entsprungene Wesen, von Greisen geritten, die aus ihnen drei dünne Wasserstrahlen herauspressen? Wo ist der Sinn? Wo ist der Surrealismus dieser Schönheit? Wo ist die Verwandtschaft mit Berninis Brunnen auf der Piazza Navona in Rom? Wo ist jener Punkt am Bunnen, der die Schönheitsproportionen zwischen dem Magistratsgebäude auf der einen Seite und dem Bischofspalast und der Domkirche auf der anderen Seite und der Krümmung des sich zum Alten Platz erweiternden Stadtplatzes auf der dritten Seite bestimmt? Die Stadt Ljubljana zeigt an diesem Punkt in alle Richtungen den goldesten aller Schnitte, und es ist daher kein Wunder, daß Robbas Brunnen schon fast das Symbol der Stadt ist.

Der Brunnen befindet sich in der Nähe des Rathauses, auch »Rotovž« oder »Magistrat« genannt, das seit 1484 an seiner heutigen Stelle steht, das jedoch nach dem barocken Zeitgeschmack im Jahre 1717 umgebaut wurde, und zwar vom heimischen Meister Gregor Maček. Über der siebenstufigen Treppe wurde eine Stirnlaube errichtet, die vielleicht von der Tradition diktiert wurde, denn eine ähnliche Laube hatte es schon beim alten Rathaus gegeben. Aber es ist durchaus möglich, daß sie von der Notwendigkeit diktiert wurde. Über dieser Laube erhebt sich das erste Stockwerk, das piano nobile, seine Fenster sind mit blinden, doch greifbaren Balustraden nach unten hin verlängert. In der Mitte des ersten Stockwerks haben wir einen richtigen Balkon. Die Fassade des Palastes ist außerordentlich schön und reich gegliedert, ein kleiner Uhrturm und ein fast unterentwickeltes Zwiebeldach runden das äußere Bild des Gebäudes ab. – Im Inneren des Magistratsgebäudes ist der Arkadenhof mit den Sgraffiti sicherlich das Allerschönste. Vermutlich empfände man die Schönheit des Hofes nicht so unmittelbar, würde sich hinter dem Hof nicht der Schloßberg erheben und unsichtbar auf das Gefühl einwirken, daß er den Hof entweder beschützt – oder aber bedroht. Die Sgraffitodekorationen im Hof schaffen eine vornehme Atmosphäre, wie sie alle berühmten Orte notwendig brauchen. Eine große Feierlichkeit durchweht jedenfalls das Rathaus, bedauerlicherweise erwächst sie nicht immer aus dem Erleben des Kunstwerks.

JOHANN WEIKHARD VON VALVASOR

(1641–1693)

So wollen wir berichten

Im Jahr 1000 war zu Laybach ein entsetzliches Erdbeben und ereigneten sich an dem Himmel seltsame Wunder-Zeichen nebst einem Kometen.

Anno 1006 wütete zu Laybach eine solche vergifftete Seuche die in der Stadt fast Alles auswürgte und in den Vorstädten wie auch den nahe-beyligenden Dörffern über 17.000 Menschen aufgerafft und hingerafft wurden.

Anno 1041 hat ein reicher Burger und Handelsmann Namens *Peter Berlach*, weil er keine leibliche Erben gehabt in dieser Stadt ein Pupillen- oder Waisen-Haus gestifftet und dazu sein völlige Haabe und Güter vermacht. Solche Kinder hat man in diesem Hause zum Guten auferzogen und Jedes nachdem es in etwas erwachsen zu einem Handwerck worzu es Luft getragen getan.

Anno 1057 seynd aus dem Landes Crain worunter sonderlich viel Laybacher waren etliche hundert Personen zu dem H. Grabe gen Jerusalem wallfahrten gegangen; aber unterwegs über 150 derselben nidergehauen; theils aber von den räuberischen Arabern in die mühseligen Dienstbarkeit geschleppt worden.

Anno 1143 ist in dieser Stadt ein ansehnliches Thurnier von deß Marchgrafen zu Crainburg Brudern wobey viel von Adel aus Österreich Kärnthen und Friaul erschienen gehalten worden.

Anno 1190 im Herbst hat es in die drey Wochen lang so stark geregnet daß sich der Fluß Laybach weit und breit ergossen und man durch die gantze Stadt mit Schiffen fahren müssen. Ja das Wasser ist an vielen Orten bis zu den obern Fenstern gestiegen: Daraus großer Schade entstanden ist.

Anno 1200 seynd die Tempelherren weil sie allzu weit um sich greifen wollten aus Laybach verjagt worden.

Anno 1213 haben die Juden ihre alte Synagoge allhie zu Laybach wieder von neuem und viel herrlicher als sie vorhin war aufgebauet weil sie überaus reich waren und mit den Venetianern Ungarn und Krabaten grossen Handel trieben.

Anno 1239 entstunden zu Laybach die Büsser welche sich selbsten mit Geiseln schlugen und aus eigener Authoritet einen unzulässigen Orden aus Männern und Weibern machten; welcher aber bald durch geistliche Macht vertilgt und ausgerottet worden.

Anno 1242 ist der berühmte Sternseher *Johannes Lezicii*, zu Laybach gebohren worden der von künfftigen Dingen prophetischer Weise viel zuvor verkündigt hat.

Anno 1257 wurden von verschiedenen Burgers-Söhnen und Töchtern in der Faßnacht zu Laybach einige Belustigungen angestellt. Unter andren ist von zwölff Jungfrauen und gleich so vielen Jungengesellen auf dem alten Marckt allwo jetzt der Brunn stehet ein Tantz mit einem grünem Krantze gehalten; Abends aber auf einem bestimmten Ort der Tantz-Boden benebst einer Mahlzeit der Tanz wiederholt worden.

Anno 1269. Als Herzog Ulrich in Kärnthen gestorben bemächtigte sich dessen Herz Bruder Philipp Erzbischoff zu Saltzburg und nachmals Patriarch zu Aglarn deß Landes Crain als seines *Patrimonii*. Ottocar aber nachdem er eine Armee auf die Beine gebracht rückte auf ihn zu belagerte und gewann Laybach und nöthigte *Philippum*, den letzten Erben der Landschafft Crain zu *resigniren* nachdem er ihm zuvor das Schloß Pösenberg samt der Maut und Einkünfften in Österreich und dem Gericht in Crembs zu seines Lebens Unterhalt eingeräumt. Wie im zehenden Buch ausführlicher berichtet worden.

Anno 1290 hat sich zwischen den Burgern und Juden wegen eines verlornen Kindes ein grosser Tumult und Auflauff erregt. Darüber der Juden viel erschlagen worden.

Anno 1307. Hat man die annoch übergebliebene oder vielleicht zurückgekommene Tempelherren zu Laybach erwürgt.

Anno 1313 den 3. Septemb. starb zu Laybach Hertzoginn Anna *Wenceslai*, deß Gottsfürchtigen Königs in Böhmen mit Jutta von Habspurg erzeugte Tochter und Hertzog Heinrichs in Kärnthen Gemahlinn: der ein Bruder war der Elisabeth einer Gemahlinn Keysers Albrecht deß I: und ward zu Stambs in dem von ihrem Vater gestiffteten Kloster begraben.

Anno 1361. Ist diese Stadt im ersten Schlaff abgebrannt und das Feuer in deß Herzn Seyfrieds Hause bey S. Nicolai ausgebrochen.

Anno 1370 waren Hertzog Albrecht und Leopold zu Laybach.

Anno 1371 sind zu Laybach alle drey Plätze abgebronnen und auf dem Rahthause bey dieser Feuersbrunst viel *Privilegia* verlohren gegangen.

Anno 1374 haben Leopold und sein Bruder Albrecht der III, Hertzogen zu Österreich die Huldigung der Stände in Crain Windischmarck Möttling und Isterreich (welche letztere drey Graffschafften Sie von Graf Albrecht von Görtz erblich überkommen und dem Lande Crain einverkörpert) zu Laybach persönlich empfangen und darauf die Lands-Freyheiten bestättigt im Monat Julio 1374.

A. 1378 zogen die von Laybach in 700 Mann starck zu welchen auch das Volck der umligenden Städte stieß; als nemlich 75 Mann von Crainburg 50 von Stein 30 von Lack 30 von Rattmannsdorff nebst noch mehr andren in das Friaulische; als damals Krieg war: nahmen etliche Kastellen ein verbrannten viel Dörffer und brachten die Laybacher grosse Beut neben 150 Stückern grosses Viehes zurück.

Anno 1382 den 27 Junii ist Laybach um Vesper-Zeit von dem obern biß untern Thor auch die Spital-Kirche der Thurm S. Nicolai und das Franciscaner Kloster völlig abgebrannt. Wiewol Andre solches in das 1386 setzen mit Bericht daß das Feuer in deß Fridolini Vorstädters Hause ausgekommen.

Anno 1397 hat Ertzhertzog Wilhelm diese Stadt besucht.

Anno 1408 ward ein Jüde um deßwillen daß er sich mit einer Christinn fleischlich vermischt gefänglich eingezogen und nach bestandener That mit dem Schwert hingerichtet; die Jüden waren hierüber mißvergnügt fingen an zu murren und sich ungeberdig anzustellen daß es also endlich zwischen Jüden und Christen zum schlagen kam und der Jüden drey auf dem Platz blieben.

Anno 1414 kam Hertzog Ernst von Österreich Steyermarck Kärnthen und Crain nach Laybach; bekräfftigte die *Privilegien* deß Klosters Freudenthal so seine vorfahren Rudolph damaliger Hertzog von Österreich und Ulrich Hertzog in Kärnthen ertheilt hatten: Unterm *Dato* Laybach Samstags vor *Oculi*.

Anno 1421 gelangte Hertzog Ernst abermal an zu Laybach.

Anno 1435. Am Tage deß H. *Laurentii*, fielen die von Cilly in Crain kamen vor Laybach und nahmen bey dreyhundert Stück Viehes. Sobald aber die von Laybach solches innen worden zogen sie die Sturm-Glocken und eilten ihnen auf die dreytausend starck nach ereilten sie auch an der Sau schlugen die Meisten nider und trieben das Vieh alles wieder nach Hause nebst vielen Gefangenen.

Anno 1439 verbrannten die von Laybach unter ihrem Führer Heinrich Freybach etliche Dörffer in Isterreich so der *Republique* Venedig zugehörig waren: und brachten grosse Beuten von Vieh und andren Sachen zurück.

Anno 1440 war die Stadt von dem Grafen von Cylli belägert. Weil sie sich aber ritterlich widersetzte und alle Anfälle deß Grafen ruckfällig machte; also musste er auf einen spöttlichen Abzug bedacht seyn den er auch folgender Weise bewerckstelligte. Als nemlich an S. Johannis deß Täufers Abend nach alter Gewonheit die in der Stadt Johannis-Feuer brennen liessen zündete er sein Lager an: damit die in der Stadt nennen sollten als wann er auch dergleichen thäte und ihm an seinem Abzuge keine Hinderniß brächten. Gleichwol ließ er bey solchem seinem Abzuge den Zorn aus an deß Hauptmanns herrn Apfaltrers Thurn auf dem Berge allwo jetzt das so genannte Schloß Unter dem Thurn so denen Herren *PP. Jesuitis* gehörig ist ligt: welchen er abbrach und zerstörte demnechst aber mit Schimpff und Spott heimlich davon schlich.

Anno 1444 in der Fasten gelangte Keyser Friedrich der Vierdte nach Laybach; ward daselbst von dem Adel und Bürgern auf das ehrerbietigste empfangen: und verfügte Er allda nebst Bekräfftigung der Lands-Statuen in vielen Sachen gewünschte Anstalt am Mittwochen vor dem Sonntage *Reminiscere*.

Anno 1449 kam Keyser Friedrich abermal nach Laybach als indessen die Österreicher eine Unruh anfingen: Weßhalben der Keyser in Steyermarck und Crain siebenhundert Soldaten sammelte und denselben Graf Ulrich von Cilly vorsetzte: der als er in Österreich angelangt dem Rauben ein Ziel steckte. Der Keyser war indessen annoch in Laybach mit Anordnung verschiedener Sachen beschäfftigt und bekräfftigte denen Bürgern etliche Freyheiten.

Anno 1454 kam auf Laybach der andächtig-fromme Mann *Johannes* von *Capistrano*, Barfüsser Ordens; predigte etlichmal in der Pfarr-Kirche gab den Leuten den Segen und curirte Manchen so wol am Leibe als an der Seelen.

Anno 1458. Als Keyser Friedrich zu Cilly in Gefahr war; fertigte die Landschafft Crain ihre Reuterey die Stadt Laybach aber 40 Fußknechte dahin Ihm zu Hülffe.

Anno 1469 ruckten die Türcken das erste Mal durch Crain auf den Teutschen Boden und zwar der

Bay Beeg mit 10.000 Türcken verwüsteten alles um Laybach: der Stadt aber kunnten sie nichts anhaben noch gewinnen.

Anno 1492 kamen diese Türckische Raub-Thiere mit 10.000 Mann wieder in Crain brennten die Vorstadt zu Laybach ab und führten in ihren Klauen viel gefangene Kinder fort.

Anno 1493 ist am 17 Julii die Stadt Laybach von der öbern Brucken biß zu S. Nicolai abgebronnen und seynd neunzehen Personen im Feuer verstorben.

Anno 1495 haben die Bürger zu Laybach und Crainburg miteinander zu Achen für die Sclavonische Nation eine Capellaney gestifftet in der S. Marien-Kirchen doch das Recht der Präsentation ihnen vorbehalten.

Im Jahr 1527 ist von den Laybachern und Crainburgern Christophorus Schönberg präsentirt worden zu dem Kirchen-Stifft oder *Beneficio* der vier heiligen Lehrer zu Achen. Und im Jahr 1537 hat der Raht zu Laybach und zu Crainburg nach Absterben besagtes *Christophori* Schönbergs zum *Beneficio, Lambertum* Rechlingern gepräsentirt als *Eckebertus* Bischoff zu Lüttich gewest.

EDVARD KOCBEK

(1904–1981)

kaffeehaus figovec

sich ausruhende menschen
ermüdet, entfremdet
wie nach einer langen reise
wie nach einem wettrennen
ziellos
ohne herkunft, ohne lebenssinn
verloren

gierige augen
unerwartete überraschungen
versteinerte blicke
eingefangen im kampf des lebens
wirklichkeitsfremd

sklaven ihrer gefühlsverwirrungen
umgeben von ständigen
sorgen
als wenn nur sie allein
existieren würden
im kosmos

altmodische gegenstände schlafen in einer
zimmerecke
gehorsame glückseligkeit hält sie beisammen
baumfrüchte sind gutmütig
tiere betrachten den himmel

männergestalten ähneln klostergänge wandeln
hirten bewachen herbstliche feuer
bettler unterhalten uns mit musik

zitternde lippen junger mädchen
die an hausecken herumlungern
spielende kinder
in verlassenen ortschaften

wir sehnen uns nach einer
goldglänzenden abenddämmerung
der golfstrom
umarmt die verfaulenden leichen

meine lippen schmecken nach ewigkeit
menschliche furcht erblickt die todesqualen
ermüdete schlafstellen versinken ins unbekannte
nichterforschte welten bedrückten mich

unsere rätsel versickern: pulsschlag, pulsschlag
die liebe verirrte sich in der musik
nach der ablösung der nachtwache
überwältigte die stille meinen kopf

heiliges blut belebt unsere herzen
engel rufen uns
und wir gleiten lautlos
in unsere traumwelten
und singen zu den ruderschlägen

SREČKO KOSOVEL

(1904–1926)

Gespräch mit Trubar

dein herz ist weiss
seit der vorzeit
ist wie stein
weiss ist es, weiss
vom mondschein

feuer
lodert dir
aus den augen
am stillen abend
und sieh
wir sind eine brandstätte
vorzeitiger friedhof
in uns leuchtet
nur chaos

GERT HOFMANN

(1932–1993)

Zu nahe, viel zu nahe

Gleich nach meiner Ankunft, gestern, Mittwoch, ein schrecklicher Tag, wie mir augenblicklich klar ist, schreibt der neue Lektor, als er sich in dem leeren

Abteil umgeschaut und sich in eine Fensterecke gesetzt und die Vorhänge schnell zugezogen, die Mappe schnell aufgemacht … Und schreibt: Und habe wahrscheinlich gerufen: »So kommen Sie doch, ich habe ja die Koffer.« So daß ich, schreibt er, nachdem er vor Kälte, auch Verlassenheit, noch tiefer in die Ecke hineingekrochen ist, aber nicht auf dem Fensterbrett, wie Sie wahrscheinlich glauben, sondern werde, wenn es Ihnen auch unwahrscheinlich vorkommt, auf meinen Knien, die ich übereinanderschlage, dies hier alles notieren, schreiben … Lieber Herr (liebe Frau), und wenn ich schreibe *Sie*, meine ich *Sie*, lieber Herr (liebe Frau)! Also: Wie mich ein Taxi an diesem frühesten Morgen in der *Koprska ulica* vor einem kleinen Reihenhaus im Nebel abgesetzt hat, aber dann gleich weitergefahren ist und ihn dabei mit Dreck bespritzt, ihm die ganze Hose ruiniert hat. Lieber Herr, der Nebel ist fürchterlich, nichts Festes, in Andeutungen alles. Aber das ist hier immer so, sagt mein Nachbar, mein erster Slowene, den ich, schreibt er, weil er ja den hat, im Schlafrock aus seinem Haus erst herausklopfen, dann heraus*ziehen* muß. Und als ich mich für den Schlüssel dann bedanken will, komme ich mit meinem Gesicht viel näher an sein Gesicht heran, als es meine Absicht war. Zu nahe, viel zu nahe! Ich entschuldige mich natürlich sofort. Ich sage: »Entschuldigen Sie, wenn ich mit meinem Gesicht so nahe … Besonders, da Sie ja im Schlafrock … Entschuldigen Sie auch«, sage ich, »meinen Ton, meine Ungeduld, meine Erscheinung.« Und spiele auf meine Hose an, zeige auf meine Hose. »Doch bin ich,« sage ich, »sehr erschöpft. Oder besser: Ich bin am Ende.« Und schließe, damit ich von der Straße weg bin, die Tür von dem kleinen Haus auf, das ich im Verlauf eines überstürzten Briefwechsels noch von Deutschland aus unbesehen gemietet, wenn auch noch nicht bezahlt habe, und will dem Nachbarn erklären, *warum* ich so erschöpft bin, doch da ist der Nachbar, ohne eine Silbe des Abschieds, schon wieder im Nebel verschwunden. »Ha, Sie«, habe ich ihm nachgerufen, »ich wollte doch etwas erklären. Wollen Sie denn gar nicht wissen, warum ich so am Ende bin?« Und dann noch: »Wie heißen Sie eigentlich? Wie kann man Sie eigentlich erreichen?« und: »Kennen wir uns nicht eigentlich, haben wir uns nicht eigentlich schon gesehen?« Lieber Herr, denn tatsächlich ist mir der Nachbar plötzlich bekannt vorgekommen. Als sei ich ihm kürzlich, also wohl im August, wenn auch nur flüchtig, begegnet. Nun, du wirst ihn später fragen, denke ich und stoße die Haustür auf. Und denke: Immerhin spricht er Deutsch. Und denke: falls du einmal Hilfe brauchst, es kann ja mal was sein. Und stoße meine drei großen und schweren Koffer und die schwarze Aktenmappe in den Gang hinein. Und stelle fest: Nicht nur leer und kalt und finster, sondern auch feucht ist es in dem von mir gemieteten Haus. Und stoße alles in den feuchten Gang, schließe die Tür aber noch nicht. Lieber Nebel als so eine Finsternis, habe ich gedacht. Lieber wird, lieber Herr, die Gesundheit riskiert, als daß man ins Finstere hinein …

Im Korridor plötzlich eine ganz andere Vorstellung, schreibt er. Im Korridor von den drei, vier Vorstellungen, die ich in letzter Zeit immer habe, dann plötzlich die Vorstellung: deine Mutter hat aus Verzweiflung über dich versucht, sich umzubringen. Dann die Vorstellung: nein, aber sie kommt dir hierher nach, nicht in diesem Haus! Und stoße einer Zimmertür, egal welche, die erste beste auf, finde einen Schalter, mache Licht, das Zimmer klein, weiß, Sofa, Tisch, ein Schrank, weißgetünchte Wände. Lieber Herr, hier werde ich leben. Und, in Bezug auf Mama, denke ich: Nein, nicht in diesem Haus! Und dann gelingt es mir auch, schreibt der neue Lektor, Mama, die in ihrer grauen Strickjacke ist, die nun fast fünfundsechzig ist, die seit Jahren mit Recht über mich verzweifelt ist und nun plötzlich in ihrer grauen Strickjacke auf dem niedrigen Sofa unter dem Fenster sitzt und, stellen Sie sich vor, hier schon auf mich wartet, vorübergehend von ihrem Selbstmord abzubringen mit Argumenten, die nicht ich, ich kenne keine Argumente gegen den Selbstmord, sondern in seinem harten Deutsch mein slowenischer Nachbar vorbringt. Jedenfalls bringen wir Mama vorübergehend von ihrem Selbstmord ab, überreden sie, sich statt dessen eine neue Bluse zu kaufen und wieder mehr unter die Leute zu gehen und ihren seit je geplanten Selbstmord aufzuschieben oder ihn jedenfalls nicht in diesem Haus, nicht in diesem Haus ... Was mich, in einem fremden Land, und ich spreche nicht Slowenisch, und nicht alle sprechen Deutsch, nicht alle *wollen* Deutsch sprechen, und auch noch in dem Haus eines Wissenschaftlers, der ich ja nun wieder bin, nein, lieber außerhalb, also in deiner Wohnung, Mama, meinetwegen auch in einem Park, aber nicht in diesem Haus, nicht in ...

IVAN MINATTI

(* 1924)

Allein sind wir, Pappel

Allein sind wir, Pappel,
unter dem glasigen Himmelsauge.

Du mit erhobenen Armen,
ich mit erschöpftem Herzen.
Du einsam unter Gräsern.
Ich fern von den Menschen.

Himmel und Erde
wiegst du in deinen Zweigen,
Pappel,
alle kleinen Geheimnisse
der Verliebten, der Grashalme und Wolken –
und kraftlos
umklammerst du
leere Nester;
schwarze Erde
war ich einst
für das Saatkorn des Guten und des Schönen,
Pappel,
doch Stein ist mein Herz,
Stein sind meine Arme,
zu schwer, zu dunkel,
um zu liebkosen
Kind oder Blüte.

Die letzten Vögel flüchten über unsern Köpfen.

Durch uns ergießen sich
graue Morgen, graue Abende,
hohl gurgelt unter unsern Wurzeln
der Schlund der Stille.

JOHANN GOTTFRIED SEUME

(1763–1810)

Jeden Tag gut essen und jede Nacht gut schlafen

Hier mache ich, wenn Du erlaubst, wieder eine Pause und lasse meine Hemden waschen und meine Stiefel besohlen.

Von Gräz aus war es sehr kalt und ward immer kälter. Die erste Nacht blieb ich in Ehrenhausen, einem ganz hübschen Städtchen, das seinem Namen Ehre macht, wo ich von meiner lieben Mur Abschied nahm. Der Ofen glühte, aber das Zimmer ward nicht warm. Der Weg von Ehrenhausen nach Marburg ist ein wahrer Garten, links und rechts mit Obstpflanzungen und Weinbergen. Auch Marburg ist ein ganz hübscher Ort an der Drawa, und die Berge an dem Flusse hinauf und hinab sind voll der schönsten Weingärten. Eine herrliche, ökonomische Musik war es für mich, daß die Leute hier überall links und rechts auf Bohlentennen droschen. Man kann sich keinen traulicheren

Lärm denken. Das Deutsche hörte nunmehr unter den gemeinen Leuten auf, und das Italienische fing nicht an: dafür hörte ich das krainische Rotwelsch, von dem ich nur hier und da etwas aus der Analogie mit dem Russischen verstand. Die Russen tun sich etwas darauf zugute, daß man sie so weit herab in ihrer Muttersprache versteht, und nennen sich deswegen die Slaven, die Berühmten, ungefähr so wie die heutigen Gallier sich die große Nation nennen. Bis nach Triest und Görz wurden sie hier überall verstanden. Die Polen sprechen sogleich leicht und verständlich mit ihnen, und die Böhmen finden keine große Schwierigkeit. Ich selbst erinnere mich, als ich vor mehreren Jahren aus Rußland zurückkam und einen alten russischen Grenadier als Bedienten mit mir hatte, daß er mir in der Lausitz in der Gegend von Lübben sagte: »Aber, mein Gott, wir sind ja hier noch ganz in Rußland; hier spricht man ja noch russisch.« So viel Ähnlichkeit haben die slawischen Dialekte unter sich, von dem russischen bis zum wendischen und krainischen.

Von Gannewitz aus ist ein hoher, furchtbar steiler Berg, weit steiler als der Sömmering, so daß vierunddreißig Ochsen und sechs Pferde an einem Frachtwagen zogen, den die sechs Pferde auf gewöhnlichen Wegen allein fortbrachten. Die Berge sind hier meistens mit schönen Buchen bewachsen, da sie an der Mur fast durchaus mit Schwarzwald bedeckt sind. (...)

In Cilli hätte ich auch bald meine irdische Laufbahn geschlossen, das ging so zu: Ich aß gut und viel, wie gewöhnlich, in der Wirtsstube und hatte bestellt, mir ein gutes Zimmer recht warm zu machen, weil es fürchterlich kalt war: denn die steiermärkischen und krainischen Winter halten sich in guten Kredit, und der jetzige ist vorzüglich strenge. Nach der Mahlzeit ging ich auf das Zimmer, zog mich aus, stellte mich einige Minuten an den Ofen und legte mich zu Bett. Du weißt, daß ich ein gar gesunder Kerl bin und jeden Tag gut esse und jede Nacht gut schlafe. So auch hier. Aber es mochte vielleicht gegen vier Uhr des Morgens sein, als ich durch eine furchtbare Angst geweckt wurde und den Kopf kaum heben konnte. So viel hatte ich noch Besinnung, daß ich erriet, ich schliefe in einem neu geweißten Zimmer, das man auf mein Verlangen gewaltig geheizt hatte. Als ich mich aufzurichten versuchte, um das Fenster zu öffnen, fiel ich kraftlos und dumpf auf den Pfühl zurück und verlor das Bewußtsein. Als es helle ward, erwachte ich wieder, sammelte nun so viel Kraft, das Fenster zu öffnen, mich anzuziehen, in der Eile das Zimmer zu verlassen, hinunterzutaumeln und unten etwas Wein und Brot zu bestellen. Hier kam der zweite Paroxysmus; ich sank am Tische hin in einen namenlosen Zustand, wie in einen lichtleeren Abgrund, wo Finsternis hinter mir zuschloß. So viel erinnere ich mich noch: ich dachte, das ist der Tod, und war ruhig: sie werden mich schon gehörig begraben. Kurze Zeit darauf erwache ich weiter unter dem entsetzlichsten Schweiße, der mich aber mit jedem Augenblicke leichter ins Leben zurückbrachte. Der ganze Körper war naß, die Haare waren wie getaucht, und auf den Händen standen große Tropfen bis vorn an die Nägel. Niemand war in dem Zimmer; der Schweiß brachte mir nach der Schwere des Todes ein Gefühl unaussprechlicher Behaglichkeit.

Etwas Schwindel kam zurück; nun suchte ich mich zu ermannen und nahm etwas Wein und Brot. Die Luft, dachte ich, ist die beste Arznei, und auf alle Fälle stirbt man besser in dem freien Elemente als in der engen Kajüte. So nahm ich meinen Tornister mit großer Anstrengung auf die Schulter und ging oder wankte vielmehr fort; aber mit jedem Schritte ward ich leichter und stärker, und in einer halben Stunde fühlte ich nicht mehr, ob mir gleich Kleid, Hut, Haar und Bart und das ganze Gesicht schwer bereift war und der ganze Kerl wie schlechte verschossene Silberarbeit aussah; denn es fiel ein entsetzlich kalter Nebel. Nach zwei Stunden frühstückte ich wieder mit so gutem Appetit, als ich ja getan hatte. Siehst Du, lieber Freund, so hätte mich der verdammte Kalk beinahe etwas früher, als nötig ist, aus der Welt gefördert. Doch vielleicht kam mir dieses auch nur so gefährlich vor, weil ich keiner solchen Phänomene von Krankheit, Ohnmacht und so weiter gewohnt bin. Etwas gewitziger wurde ich indes dadurch für die Zukunft, und ich visitiere nun allemal erst die Wände eines geheizten Zimmers, ehe ich mich ruhig einquartiere.

Zwischen Franz und Sankt Oswald steht rechts am Berge eine Pyramide mit einem Postament von schwarzem Marmor, auf dem die Unterwerfungsakte der Krainer an Karl den Sechsten eingegraben ist: Se substraverunt heißt es mit klassisch diplomatischer Demut. Eine Viertelstunde weiter hin ist links ein anderes neueres Monument, wie es mir scheint, zur Ehre eines Ministers, der den Weg hatte machen lassen. Es war sehr kalt; die Schrift war schon ganz unleserlich und der Weg war auch wieder in übeln Umständen, obgleich beides höchstens nur von Karl dem Sechsten.

Abends kam ich mit vieler Anstrengung in Sankt Oswald an, ob ich gleich recht gut zu Mittage gegessen hatte; denn der Anfall mochte mich doch etwas geschwächt haben. Der Wirt, zu dem man mich hier wies, war ein Muster von Grobheit und hat die Ehre, der einzige seiner Art auf meiner ganzen Reise zu sein: denn alle übrigen waren leidlich artig. Ich trat ein und legte meinen Tornister ab. Es war Zweidunkel, zwischen Hund und Wolf. »Was will der Herr?« fragt mich ein ziemlich dicker, handfester Kerl, der bei dem Präsidenten der italienischen Kanzlei in Wien Kammerdiener gewesen zu sein schien, so ganz sprach er seine Sprache und seinen Dialekt. Du weißt, daß sehr oft ein Minister das Talent hat, durch sein wirksames Beispiel die Grobheit durch die ganze Provinz zu verbreiten. »Was will der Herr?« Ich trat ihm etwas näher und sagte: »Essen, trinken und schlafen.« – »Das erst kann er, das zweite nicht.« – »Warum nicht? Ist hier nicht ein Wirtshaus?« – »Nicht für Ihn.« – »Für wen denn sonst?« – »Für andere ehrliche Leute.« – »Ich bin hoffentlich doch auch ein ehrlicher Mann.« – »Geht mich nichts an.« – »Aber es ist Abend, ich kann nicht weiter und werde also wohl hier bleiben müssen«, sagte ich etwas bestimmt. Hier geriet der dicke Mann in Zorn, ballte seine beiden Fäuste mit einer solchen Heftigkeit, als ob er mit jeder auf einmal ein halbes Dutzend solcher Knotenstöcke zerbrechen wollte, wie ich trug. »Mach der Herr nur kein Federlesens, und pack Er sich; oder ich rufe meine Knechte; da soll die Geschichte bald zu Ende sein.« Er deutete grimmig auf die Tür und ging selbst hinaus. Ich wandte mich, als er hinaus war, an einen jungen Menschen, welcher der Sohn vom Hause zu sein schien, und fragte ihn ganz sanft um die Ursache einer solchen Behandlung. Er antwortete mir nicht. Ich sagte, wenn man mir nich trauete, so möchte man meine Sachen in Verwahrung nehmen, und Börse und Uhr und Paß und Taschenbuch dazu. Nun sagte er mir ängstlich, der Herr wäre aufgebracht, und es würde wohl bei dem bleiben, was er gesagt hätte. Hier kam der dicke Herr selbst wieder. »Ist der Herr noch nicht fort?« – »Aber, Lieber, es ist ja ganz Nacht; ich bin sehr müde, und es ist sehr kalt.« – »Geht mich nichts an.« – »Es ist kein anderes Wirtshaus in der Nähe.« – »Wird schon eins finden.« – »Auch wieder ein solches?« – »Nur nicht räsonniert und Marsch fort!« – »Hier ist mein Paß aus der Wiener Staatskanzlei.« – »Ei, was!« rief er grimmig wütend und ohne mit Respect zu sagen, »ich, sch… auf den Quark!« Was war zu tun? Zur Bataille durfte ich es nicht wohl kommen lassen; denn da hätte ich, trotz meinem schwerbezwingten Knotenstock, Schläge bekommen für die Humanität, quantum satis, und noch etwas mehr. Der Mensch schien Kaiser und Papst in Sankt Oswald in einer Person zu sein. Ich nahm ganz leise meinen Reisesack und ging zu Tür hinaus. War das nicht ein erbaulicher, ästhetischer Dialog?

Nun ist in ganz Sankt Oswald, soviel ich sah, weiter nichts als dieses ziemlich ansehnliche Wirtshaus, die Post, ich glaube die Pfarre und einige kleine Tagelohnhütten. Zu den Poststationen habe ich durch ganz Deutschland nicht das beste Zutrauen in Rücksicht der Humanität und Höflichkeit: das ist ein Resultat meiner Erfahrung, als ich mit Extrapost reiste; nun denke Dir, wenn ein Kerl mit dem Habersack käme! Er möchte noch so viel Dukaten in der Tasche haben und zehren wie ein reicher Erbe; das wäre wider Polizei und die Ehre des Hauses. Zu dem Pfarrer hätte ich wohl gehen sollen, wie ich nachher überlegte, um meine Schuldigkeit ganz getan zu haben. Aber das Unwesen wurmte mich zu sehr; ich gab dem Heiligen im Geiste drei tüchtige Nasenstüber, daß er seine Leute so schlecht in der Zucht hielt, und schritt ganz trotzig an dem Berge durch die Schlucht hinunter in die Nacht hinein. Die tiefe Dämmerung, wo man aber doch im Zimmer noch nicht Licht hatte, und mein halb polnischer Anzug mochten mir auch wohl einen Streich gespielt haben: denn ich glaube fast, wenn wir einander hätten hell ins Gesicht sehen können, es wäre etwas glimpflicher gegangen. Die Gegend war nun voll Räuber und Wölfe, wie man mir erzählt hatte, ich marschierte also auf gutes Glück geradezu. Ungefähr eine halbe Stunde von dem Heiligen der schlechten Gastfreundschaft traf ich wieder ein Wirtshaus, das klein und erbärmlich genug im Mondschein dort stand. Sehr ermüdet und etwas durchfroren trat ich wieder ein und legte wieder ab. Da saßen drei Mädchen, von denen aber keine eine Silbe deutsch sprach, und sangen, bei einem kleinen Lichtchen, ihrer kleinen Schwester ein gar liebliches krainisches Wiegentrio vor, um sie einzuschläfern. Endlich kam der Wirt, der etwas deutsch radebrechte: dieser gab mir freundlich Brot, Wurst und Wein und ein Kopfkissen auf das Stroh. Ich war sehr froh, daß man mir kein Bett anbot;

denn mein Lager war unstreitig das beste im ganzen Hause. Es war mir lieb, bei dieser Gelegenheit eine gewöhnliche krainische Wirtschaft zu sehen, die dem Ansehen nach noch nicht die schlechteste war und die doch nicht viel besser schien, als man sie bei den Letten und Esten in Kurland und Livland findet. Gleiche Ursachen bringen gleiche Wirkungen.

Bei Popetsch steht rechts vor der Post oben auf der Anhöhe ein stattliches Haus, und hinter demselben zieht sich am Berge eine herrliche Partie von Eichenbäumen hin. Es waren die ersten schönen Bäume dieser Art, die ich seit meinem letzten Spaziergange in dem Leipziger Rosenthale sah. Im Prater in Wien sind sie nicht zahlreich; dort in der Donaugegend sind die Pappeln und Weiden vorzüglich. Nicht weit von Laibach fallen die Save und Laibach zusammen, und über die Save ist eine große hölzerne Brücke. Die Lage des Laibacher Schlosses hat von fern viel Ähnlichkeit mit dem Grätzer; und auch die Stadt liegt hier ziemlich angenehm an beiden Seiten des Flusses, ebenso wie Gräz an der Mur. Die Brücken machen hier wie in Gräz die besten Marktplätze, da sie sehr bequem auf beiden Seiten mit Kaufmannsläden besetzt sind, eine große Annehmlichkeit für Fremde.

Das Komödienhaus ist zwar nicht so gut als in Gräz, aber doch immer sehr anständig; und auch hier sind am Eingange links und rechts Kaffee- und Billardzimmer.

Schantroch, der hiesige Enterpreneur, der abwechselnd hier, in Görz, in Klagenfurt und auch zuweilen in Triest ist, gab Kotzebues *»Bayara«*. Er selbst spielte in einem ziemlich schlechten Dialekt, und seine ganze

Gesellschaft hält keine Vergleichung mit der Domaratiussischen in Gräz aus. Man sprach hier von einem Stück in Knittelversen, das alles, was Schiller und Lessing geschrieben haben, hinter sich lassen soll. Herr Schantroch, der mit mir an der nämlichen Wirtstafel speiste, schien ein ebenso seichter Kritiker zu sein, als er ein mittelmäßiger Schauspieler ist. Doch ist seine Gesellschaft nicht ganz ohne Verdienst und hat einige Subjekte, die auch ihren Dialekt ziemlich überwunden haben: und Herr Schantroch soll als Prinzipal alles tun, was in seinen Kräften ist, sie gut zu halten. Die Tagesordnung der Stadtgespräche waren Balltrakasserien, wo sich vorzüglich ein Offizier durch sein unanständiges, brüskes Betragen ausgezeichnet haben sollte: und dieser war, nach seinem Familiennamen zu urteilen, leider unser Landsmann. Die Kaffeehäuser sind in Gräz und hier weit besser als in Wien; und das hiesige Schweizerkaffeehaus ist ganz artig und verhältnismäßig anständiger als das berühmte Milanosche in der Residenz, wo man sitzt, als ob man zur Finsternis verdammt wäre. Du siehst, daß man für das letzte Zipfelchen unseres deutschen Vaterlandes hier ganz komfortabel lebt und uns noch Ehre genug macht.

Einige Barone aus der Provinz, die in meinem Gasthofe speisten, sprachen von den hiesigen öffentlichen Rechtverhältnissen zwischen Obrigkeiten und Untertanen, odel vielmehr zwischen Erbherren und Leibeigenen; denn das erstere ist nur ein Euphemismus: und da ergab sich denn für mich, den stillen Zuhörer, daß alles noch ein großes, verworrenes Chaos ist, eine Mischung von rechtlicher Unterdrückung und alter Sklaverei. Was Küttner von dem bösen Betragen der Franzosen in einigen andern Grenzgegenden gesagt hat, muß wohl hier nicht der Fall gewesen sein. Alle Eingebornen, mit denen ich gesprochen habe, reden mit Achtung von ihnen und sagen, sie haben weit mehr von ihren eigenen Leuten gelitten. Aber auch diese verdienen mehr Entschuldigung, als man ihnen vielleicht gönnen will. Die Armee war gesprengt. Stelle Dir die fürchterliche Lage solcher Leute vor, wenn sie zumal in kleine Parteien geworfen werden. Der Feind sitzt im Rücken oder auch schon in den Seiten; sie wissen nicht, wo ihre Oberanführer sind, haben keine Kasse, keinen Mundvorrat mehr: nun kämpfen sie ums Leben überall, wo sie Vorrat treffen. Gutwillig gibt man ihnen nichts oder wenig; und die Bedürfnisse vieler sind groß. Natürlich sind die Halbgebildeten nicht immer imstande, sich in den Grenzen der Besonnenheit zu halten. Die einen wollen nichts geben, die anderen nehmen mehr, als sie brauchen. Daß dieses so ziemlich der Fall war, beweist der Erfolg. Es wurden hier einige Hundert eingefangen und auf das Schloß zu Laibach gesetzt. Nun waren sie ordentlich und ruhig und sagten: Wir wollen weiter nichts als Essen; wir konnten doch nicht verhungern.

LOUIS ADAMIČ

(1898–1951)

Ich war froh, zurückgekehrt zu sein

Noch einen anderen allgemeinen Eindruck habe ich im Zug bekommen: Krain sah so sehr, sehr klein aus. Ich erinnere mich zum Beispiel, daß für die Menschen, als ich noch ein Kind war, die Fahrt von Ljubljana nach Triest eine lange Reise war, ein Großereignis in ihrem Leben. Und jetzt fuhren Stella und ich von Triest nach Ljubljana nur ein paar Stunden mit einem langsamen Zug, den Expreß zu nennen geradezu lächerlich war, und die Reise kam uns kurz vor. Der Zug hielt immer wieder in Dörfern und Kleinstädten, derer ich mich plötzlich zumindest dem Namen nach erinnerte. Angesichts dessen, daß ich mir der Entfernungen in den Vereinigten Staaten und der mehreren zehntausend Meilen bewußt war, die sich hinter mir über den amerikanischen Kontinent und über zwei Ozeane erstreckten, schienen mir die Entfernungen in Krain kaum ein Zehntel dessen zu sein, was ich neunzehn Jahre zuvor von ihnen angenommen hatte. Krain war aus einer österreichischen Provinz zu einem Gebiet geschrumpft, das nicht viel größer war als eine große Ranch im Westen oder ein kleiner Nationalpark in Amerika.

Als wir gegen Abend nach Ljubljana kamen, das ich einst für eine große Stadt gehalten hatte, wirkte auch es mit seinen fünfundsiebzigtausend Einwohnern auf mich als sehr kleiner Ort, denn ich hatte schon New York, Los Angeles, Kansas City, Chicago hinter mir.

Es reizte mich, aus Ljubljana ziemlich bald zu meinem Geburtsdorf aufzubrechen, das von der Stadt nicht weit entfernt liegt, aber da ich meiner Familie geschrieben hatte, ich würde nicht vor Sonntag nachmittag kommen, erlaubten wir dem Abgesandten des Ban, uns über Nacht in einem der Hotels unterzubringen.

Nach dem Abendessen ging Stella zu Bett, ich aber konnte es noch nicht.

Ich ging hinaus und spazierte durch die schwach erleuchteten, stillen, fast verlassenen Gassen, bis Mitternacht vorüber war. Zu meiner großen Zufriedenheit entdeckte ich, daß sich, wie auch das ganze übrige Krain, auch Ljubljana nicht wesentlich verändert hatte, genaugenommen waren auch in den geringsten äußeren Dingen keine besonderen Unterschiede zu entdecken. Der Weltkrieg und die Hinwendung von Österreich zu Jugoslawien hatten es nicht berührt.

Die alte römische Mauer sah ein wenig stärker zerfurcht aus als in meiner Erinnerung, und mitten in der Stadt hatten sie einen zwölfstöckigen Wolkenkratzer errichtet. Aber über dem Ljubljanica-Fluß wölbten sich dieselben Brücken, dieselbe neunhundertjährige Festung mit der Burg, jetzt nachts angestrahlt, erhob sich über dem Berg, dasselbe fünfhundertjährige Magistratsgebäude stand dort, nur daß vor ihm statt der Statue des Kaisers Franz Josef die Statue des verstorbenen Königs Petar von Serbien stand. Ich sah dieselben alten Kirchen und Denkmäler für Schriftsteller, Grammatiker, Musiker, Redner und Dichter, die alten Läden mit denselben altertümlichen Aushängeschildern über der Tür. Hier, erinnerte ich mich, habe ich gewöhnlich Papier und Bleistifte gekauft, als ich bis zu meinem vierzehnten Lebensjahr ins Gymnasium ging. Und hier habe ich meine Semmeln und Äpfel für die Mittagsjause gekauft, hier dann und wann ein Stück Kuchen oder Schokolade, hier, in dieser zweihundert Jahre alten Buchhandlung, meine Bücher, und hierher kam meine Mutter alle vierzehn Tage, um Spezereien zu kaufen (wahrscheinlich macht sie das noch immer, sagte ich mir). Und hier ist die Schule, die ich besucht habe; auch das Haus, in dem ich zwei Jahre gewohnt habe; hier das Theater, wo ich zum ersten Mal in meinem Leben eine Shakespeare-Aufführung gesehen habe. Alles kehrte mir wieder, und Ljubljana war wieder ein bedeutender, lebenswichtiger Teil meines Lebens.

Hier waren die Straßenfeger, alte Männer mit langen Birkenbesen. Und dort der Lichtanzünder mit seiner hohen Stange, der jetzt, gegen Mitternacht, einige Lampen löschte. Hier stieß ich fast mit einem schwarzen Mann zusammen, einem Rauchfangkehrer, und über mich selbst lachend faßte ich rasch nach meinem Mantelknopf, denn als ich noch ein Kind war, hatte ich dem Volkszauber geglaubt, demzufolge es dir Glück bringt, wenn du an einen Knopf faßt, wenn du einem Rauchfangkehrer begegnest.

Hier leuchteten die verhängten Fenster eines alten Kaffeehauses. Ich trat ein und bestellte einen Kaffee, nur um mich zu überzeugen, ob an den Tischen Männer vom selben Schlag saßen wie vor neunzehn Jahren, Zeitungen lesen, Schach und Domino spielen und diskutieren, leise diskutieren, als wollten sie diejenigen nicht stören, die lasen oder Schach spielten ... Auch hier herrschte Stetigkeit – oder zumindest schien es mir so.

Ich kehrte ins Hotel zurück, müde, innerlich aufgewühlt, ungeheuer zufrieden.

JOŽE JAVORŠEK

(1920–1990)

Siebenter Kreis, I: Der erste und einzige literarische Salon der Slowenen

Wenn wir uns an der Stelle, wo wir bei der Brücke das alte Laibach betrachtet haben, plötzlich umwenden, erblicken wir ein ruhiges und festes Gebäude mit schönem Portal. In diesem Haus lebte Baron Sigismund Zois, und in diesem Haus befand sich das Zentrum der slowenischen nationalen Erweckungsbewegung.

In diesem Haus befand sich der erste und einzige literarische Salon der Slowenen mit genau den gleichen geschliffenen Umgangsformen, wie wir sie noch heute in Pariser literarischen Salons finden, und mit genau dem gleichen Zeremoniell: man kam, wann man wollte, man ging, wann man wollte, getrieben von einem fundamentalen, harmonisch verhaltenen, praktisch aber sehr ausgeprägten kulturellen Bedürfnis nach dem Austausch praktischer und unpraktischer Gedanken. Das einzig Interessante ist die traurige

Tatsache, daß es in diesem Salon keine einzige Frau gegeben hat, und doch hat dieser Salon so außerordentlichen Einfluß auf die Entwicklung Laibachs genommen, vermochte doch das gesellschaftliche Ansehen des Barons, Fabrikherrn, reichen Unternehmers, Mäzens und Aufklärers Sigismund Zois der Bevölkerung Laibachs allmählich den Komplex ihrer Rückständigkeit und der Unentwickeltheit ihrer Sprache aus dem Kopf zu schlagen. Aus Zoisens literarischem Salon gingen schließlich jene Kreise in Laibach hervor, um die als Kern sich das wahre Slowenentum und die kulturpolitisch tätige Gesellschaft des 19. Jahrhunderts zu sammeln begann, die dieses Slowenentum begründete.

FRANCE PREŠEREN

(1800–1849)

Dem Andenken des Matthias Čop

»Jung stirbt der, den die Himmelsmächte lieben.«
  Der Spruch, mein Freund! hat sich an dir bewähret,
  Stand in den blassen Zügen dir geschrieben;
Denn heiter war dein Antlitz, wie verkläret,
  Dein Mund, der lächelte, als wollt' er sagen:
  Aus ist der Kampf, der lang genug gewähret.
So fand ich dich, als ich vom Schmerz getragen,
  Zu dir geeilet auf die Schreckenskunde,
  Dass aufgehört des Freundes Herz zu schlagen.

Und wie sie brennt, und brennen wird die Wunde,
Gelinder werden ihre glüh'nden Qualen,
Wenn ich erwäge deine letzte Stunde.
Der milden Abendsonne kühl're Strahlen
Vergoldeten den grünen Schmuck der Aue,
Im Hintergrunde schautest du die kahlen
Giganten Oberkrains mit kühnem Baue.
Rings um dich rauschten sanft der Save Wellen,
Die dir zu sprechen schienen: uns vertraue;
Ob deinem Haupte segelten die schnellen,
Weissflock'gen Wolken hin: der Freud' erschlossen
Fing an die Brust von hehrer Lust zu schwellen.
Nicht ahntest du, dass deine Bahn beschlossen;
Der Weltgeist sandte aus der lichten Halle,
Dich abzurufen zu des Lichts Genossen
Den Genius ab; im hellesten Krystalle
Der reinsten Woge löscht' er aus den Funken,
Auf dass er rein zurück zum Urlicht walle.
Du schiedest von der Welt begeistrungtrunken,
In voller Kraft, des Schmerzes überhoben
Zu seh'n die Deinigen in Gram versunken.
Nun ist vorbei der innern Stürme Toben,
Der Liebe Schmerz, er ist nun ausgelitten,
Die unerwidert dir die Brust gehoben.
Du siehst und fühlst nicht, wie mit rauhen Tritten
Getreten wird das Edelste im Leben,
Wie Wen'ge was doch Allen not erstritten.
Wie kühn die Stolzen ihre Häupter heben,
Sie, die des Menschen wahren Wert nicht kennen,
Wie nichtig oft sogar der Besten Streben.
Nicht mehr wird dich die alte Wunde brennen.
Dass fremd das Vaterland ist seinen Söhnen,
Dass sie sich scheu'n Slowenen sich zu nennen,

Dass abhold sie den teuren, süssen Tönen,
  In denen sie die Mutter auferzogen,
  Nur fremder Sitte, fremder Sprache frönen.
Du wirst nicht mehr von Hoffnungen belogen,
  Von Wünschen, die so süss das Herz durchschauern,
  Uns zu verlocken in des Abgrunds Wogen.
Nicht du, mein Freund! nur wir sind zu bedauern,
  Das teure Vaterland ist zu beklagen,
  Die Jünger, die am Grab des Meisters trauern.
Welch herrlichen Gewinn hätt' er getragen,
  Des Wissens reichster Schatz, der nun verschlossen,
  Dem Vaterland, der Welt in künft'gen Tagen!
Es trieb dich ewig vorwärts, unverdrossen
  Hast du gekämpft, bis du den Sieg errungen.
  Bis sich des Lichtes Pforte aufgeschlossen.
Dir waren heimisch unsres Weltteils Zungen:
  Was Hellas, Rom Unsterbliches geschrieben,
  Des Briten Lied begeistertes gesungen,
Der Lusitanier, Spanier heiss im Lieben,
  Der Italiener, Deutsche und Franzose
  Geschaffen von der innern Glut getrieben.
Das sprach zu dir im lieblichen Gekose
  Der Muttersprache. Im sarmatschen Norden,
  Wohin gerufen dich des Schicksals Lose,
Hast du gelauscht des Mickiewicz Akkorden,
  Und was der Čeche, Serbe und der Russe
  Ans Licht gefördert, ist dir kund geworden.
Mnemosyne hat dich mit ihrem Kusse
  Geweihet zu des Vaterlandes Frommen,
  Um auszuspenden von dem Überflusse.
Nun hat der Tod von uns dich weggenommen;
  Wir sah'n die Saat so herrlich sich gestalten,
  Der wahre Erntetag, er wird nicht kommen!

Das ist's, warum wir des Geschickes Walten
Verklagen, das so früh dich uns entrücket,
Warum wir trauernd unsre Hände falten.
Ich weiss, du standest einsam, unbeglücket,
Dass dir, wie mir, kein Glück war hier beschieden.
Dass dich im stillen Haus kein Leid mehr drücket.
Ich gönne dir den tiefen, ew'gen Frieden:
Doch werd' ich, bis sie mich zu Grabe tragen,
Dass du mein Teuerster! so früh geschieden,
Dass du uns wardst so früh entrissen, klagen.

IVAN CANKAR

(1876–1918)

Das Sechserl

Manchmal legt sich eine schwere, düstere, unerklärliche Beklemmung auf die Seele des Menschen und raubt ihm alle Kraft, alle Freude und Zuversicht. Die Bitterkeit des Alltags wird mit einem Male erdrükkend, unerträglich. Das Gewissen wird wach, es pocht wie ein Hammer aufs Herz, und alle Sünden, selbst die allergeringsten, schon längst vergessenen, treten schwarz vor dich hin. Wozu noch leben? ... Ist nicht alles, alles verloren? ... Und schüchtern greift die zitternde Hand nach der Schwesterhand, das scheue Auge irrt umher und sucht einen freundlichen Gegengruß.

Solche Augenblicke erlebt nicht nur der Mensch, der schon einen langen Lebensweg hinter sich hat und bereits den Tod und das Grab ahnt. Am schönsten Morgen haucht es dir kalt in die Seele, und die Gedanken sind schwer wie Steinblöcke. Oder es klopft wie mit eisernem Finger in der lautesten Gesellschaft am fröhlichen Abend: Die Hand, die eben das Glas erhoben hat, erschlafft, die Augen weiten sich, das Lachen erstirbt auf den Lippen ... Auch ein Kind schreit mitunter unwillkürlich mitten im friedlichen Spiel auf, erbebt und klammert sich in einer unerklärlichen Furcht an die Mutter.

Ich war zwölf oder dreizehn Jahre alt und ging damals in die Realschule. An einem Herbstmorgen war ich sehr früh erwacht. Der Morgen war kaum angebrochen und das Zimmer noch halb dunkel. Das Zimmer war groß. An diesem Morgen erschien es mir aber eng und schmal, ganz überfüllt mit Hausrat, wie bei einem Umzug. An den Wänden standen vier Betten. Über ihnen hingen die Bücherborde. Dazwischen standen schrankähnliche hölzerne Kästen und Kleidertruhen, in der Mitte ein riesiger Tisch, der mit Büchern und Heften bedeckt war. Das alles erhielt durch das Halbdunkel ein wunderliches, verschrobenes und fast feindliches Gepräge und sah nach unsagbar bitterer Armut aus. Meine Kameraden lagen noch in den Betten und schliefen fest, die Wangen heiß und voll, den Mund halb geöffnet. Sie waren älter als ich; wir hausten schon das zweite Jahr miteinander in diesem Zimmer, ich aber war ihnen noch immer fremd. Sie sahen mich mit scheelen Blicken an, warum, weiß ich nicht. Sie waren Bauernsöhne, kräftig, laut und lustig. Mir aber lag, ganz tief auf dem Grunde der Seele, ein bitterer Satz, und vielleicht gähnte, ohne daß es mir selbst zu Bewußtsein kam, eine öde Leere aus meinen Worten und Blicken.

An die Fenster schlug Regen, ganz zart, wie mit weichen Fingern; es regnete schon eine Woche in langen, dünnen Fäden. So ein Regen macht die Menschen trübselig und stumpf, er hüllt alle heiteren, vertrauten Bilder in einen grauen, fremdartigen Schleier. Die Luft im Zimmer war schwer und drükkend. Es roch nach den Überresten des kärglichen Abendessens, nach Regen, nach ungewaschenen, verschwitzten Leibern, nach der giftigen Ausdünstung von Kranken.

Alles das sah ich und erlebte ich in einem einzigen Augenblick. Ein bitterer, unbarmherziger Schmerz durchzuckte mich. Die stickige, giftige Atmosphäre des Zimmers erschien mir plötzlich sinnbildlich für mein Leben, für das ganze Leben, angefangen von den frühesten traurigen Erinnerungen bis in die hoffnungslose Zukunft, durch deren Schleier mein Blick drang. Ich bekam eine solche Angst, daß ich kaum zu atmen wagte. Ich lag ganz regungslos im Bett, die Augen waren weit geöffnet und schauten in die Dämmerung. Es war wie im Traum, wo der Mensch Jahre und Jahrzehnte erlebt in einem einzigen Bilde, einem einzigen Rahmen. Aber Gesichter waren es tausende, und die weißen Augen starrten hart wie aus der Ewigkeit. Alle bitteren Stunden kehren zurück, und das Herz erlebt sie neunmal bitterer wieder als das erstemal. Weit zurück greift die Erinnerung, alle Vorhänge tun sich auf. Ich erinnerte mich der Ereignisse, die sich abgespielt hatten, als ich noch kaum laufen konnte, als man mich noch in ein langes, weites Hemdchen kleidete. Mir fielen die Abende wieder ein, an denen ich unter Tränen eingeschlafen war, die Morgenstunden, an denen ich die Augen nicht öffnen wollte, um nicht den Tag zu sehen, um ihn ja nicht wiederzusehen. Der Kleinmut wurde zur Verzweiflung, zur stummen Lebensangst, zu der Erkenntnis, daß der Weg unaufhaltsam zum Abgrund führe, in bodenlose Tiefen, und daß es keine Rettung gäbe. Ich konnte keinen Laut von mir geben, nicht einmal aufschluchzen. Das Herz krampfte sich mir mit unbarmherziger Gewalt zusammen.

Die Wirtin trat ins Zimmer.

»Aufstehn, Burschen!«

Groß war sie und dick, mit aufgedunsenen Wangen. Ich fürchtete sie wie etwas Feindliches, Unheilbringendes. Sie hat das wohl gefühlt und hatte mich deshalb auch nicht gern. An diesem Morgen aber erschien sie mir schrecklicher als je zuvor, ungeheuer wie ein Berg, dunkel und fremd. Ich erbebte, als mich ein Blick ihrer kleinen grauen Augen traf. Schnell stand ich auf. Zitternd kleidete ich mich an. Ich war hungrig. Ich bekam kein Frühstück. Die drei anderen bekamen es. Von der Küche drang angenehmer Kaffeeduft herein. Zu Hause erzählte ich zwar, daß man mir irgendwo in der St.-Peter-Gasse Frühstückskaffee gäbe. Aber das war nicht wahr. Ein seltsames Gefühl überkam mich, als ich auf dem Tisch die großen, vollen Schalen erblickte, aus denen es süß und warm dampfte. Neben jeder Schale lag ein Stück Weißbrot mit gelber, rescher, knuspriger Rinde, die mir das Wasser im Munde zusammenlaufen machte.

»Was soll ich jetzt anfangen? Wohin könnte ich gehn?« fragte ich mich. Zu Hause konnte ich nicht bleiben. Dazu hatte ich weniger Lust, als um Mitternacht in eine Gruft zu steigen. Der Regen schlug sacht an die Fenster. Wäre ich nur eine halbe Stunde durch die Gassen geschlendert, so wäre ich bis auf die Haut naß geworden, und alle hätten gewußt, woran ich sei. Vor der Schule aber hatte ich Angst. Das Lernen bereitete mir zwar keine Sorgen, mir erschien aber dort alles fremd und unfreundlich. Vor dem Lehrer stand ich wie ein Verbrecher vor dem Richter.

Mit den Büchern unter dem Arm trat ich auf die Straße. Sofort drang mir die Nässe in die Schuhe, Frost schüttelte mich. Der Regen schlug mir ins Gesicht. Die Bücher verbarg ich unter dem Rockschoß. Die Gassen waren traurig und grau. Alles war grau, Häuser, Menschen, Gedanken, die ganze Welt. Das Pflaster war schlüpfrig. Auf dem Weg hatten sich große Pfützen gebildet. Wenn ein Wagen vorüberfuhr, so spritzte das Wasser nach beiden Seiten, und die Leute wichen aus. Der Himmel war verdeckt. Bis auf die nassen Dächer herab hingen die grauen Wolken. Die Leute, denen ich begegnete, sahen alle finster und unfreundlich drein, als ob sich hinter ihrer Stirn finstere Gedanken und schwere Sorgen verbergen würden. Sie eilten vorbei, und alle schauten auf den Boden.

Ich ging nicht geradewegs zur Schule. Es war noch zu zeitig. Ich schlenderte durch die Gasse, ohne irgendwohin zu schauen oder etwas zu tun. Hie und da duftete es aus einer offenen Backstube nach jenen goldgelben, warmen, frischen Semmeln: Du knusperst ein wenig, und schon sind sie weg. Aus den Dachrinnen, an den Ecken, rauschte es. Die Pfützen wurden immer größer und überspannten die Straßen von einem Gehsteig zum andern. Wenn ich hineintrat, klatschte es, und das Wasser ging mir in den Schuhen schon über die Zehen.

Das Schulgebäude war sehr groß und herrschaftlich. Ich stand vor ihm wie ein Bettler vor einem Schloß. Die Fenster blickten streng und unfreundlich wie die Lehrer. Als ich ins Haus trat, ließ ich den Kopf hängen, und es war mir angst und bange. So tritt wohl der Mensch in das Haus des Feindes, die Hände am Rücken gebunden, arm und erniedrigt. Die Füße waren mir schwer. Ich ging langsam die Treppen hinauf, geknickt wie ein Greis.

Im Schulzimmer war es sehr warm, aber es roch fremd und unangenehm, weiß Gott, irgendwie nach dem Wort: »Ruhe!« Wenn du diese sorgfältig verteilten Reihen der Schulbänke erblickst, bist du auf einmal nicht mehr Mensch, sondern Schüler, eine Nummer im Klassenbuch. Schmerz hakt sich in deinem Herzen fest und schlägt dir ins Genick. Du aber hast darüber nachzudenken, wann Klopstock geboren ist.

Ich wußte nicht, welcher Lehrer gerade unterrichtete und was er sprach. Die ganze Zeit war nur ein einziger Gedanke in mir lebendig: »Mach Schluß, was ist schon das Leben? Hör auf!« Neben mir saß mein dicker Nachbar, der Sohn eines Laibacher Gastwirtes, und aß ununterbrochen. Er versteckte sich hinter dem breiten Rücken des Vordermannes und aß. Er hatte ein rundes, aufgequollenes Gesicht und spitzbübische, neidische Augen. Seine dicken Finger waren immer fettig, denn er aß und aß. Mein Magen aber war leer und trocken, und die Zunge hart.

Gegen zehn Uhr, in der Pause, standen alle auf, um sich beim Schuldiener Würstel zu kaufen oder sich im Hofe zu tummeln. Ich wußte nicht, wohin ich gehen sollte. Daß ich allein war, ganz allein, stach mir ins Herz. Am liebsten hätte ich aufgeschrien wie ein Kind: »Gott, laß mich sterben!«

Ein Kamerad kam und sagte: »Du, für dich ist ein Brief da!«

Wirklich, auf dem schwarzen Brett stand mein Name. Ich ging mit schweren, müden Schritten, wie ein Greis, zum Schuldiener.

Als ich nach dem Brief griff, zitterten meine Hände. Ich zog mich zum Fenster zurück, damit diesen heiligen Brief keine unwürdigen Augen erblickten. Die großen, lieben, unbeholfenen Buchstaben verkündeten die Mutterhand. Ich öffnete ihn bedächtig und seltsam, fröhlich und ernst zugleich war mir zumute. Da waren wieder die großen, schweren, unbeholfenen Buchstaben: »Lieber Sohn! ...« Die Mutter hatte nämlich erst von uns schreiben gelernt, damit sie sich nicht vor uns zu schämen brauchte. Als ich den Brief aufschlug, klirrte etwas auf die Erde. Es war ein Sechserl. So ein dünnes, abgegriffenes, silbernes Sechserl. Sie sind schon längst aus dem Verkehr. Als ich es in die Hand nahm, flutete gleichsam Gottes Gnade über mich. Alles zitterte, alles flackerte und flammte in mir auf und hob mich wie in der Flamme der Liebe empor. Ich sah diese liebe, zitternde Hand, wie sie in den Fingern das letzte Sechserl hält und es schließlich in den Brief gleiten läßt. Denn dieses Sechserl war das letzte, das sah ich ihm an, als ob es auf ihm geschrieben stünde.

Ich verbarg mich ganz in einem Winkel, damit mich niemand sehe. Aus tiefstem Herzen, aus tiefster Brust brach das Weinen, das mich wie ein Fieber schüttelte. Als ich aber wieder über die Treppe hinauf in das Schulzimmer zurückkehrte, war es in mir hell, ganz hell. Aus der Ferne sah die Mutter meinen Schmerz, sie blickte lächelnd auf mich, so wie nur die liebe Sonne lächelt. Und siehe, ein himmlisches Wunder, die Wolken taten sich auseinander, und freundlich blickte die Sonne durchs Fenster.

Die Mutter lebt nicht mehr, auch die alten Sechserl gibt es nicht mehr, die Tage sind düster und leer, bis in die tiefe Nacht.

TOMAŽ ŠALAMUN

(* 1941)

Mrk

Meines Stammes Menschenbild
hab ich satt bekommen
und bin ausgewandert.

Aus langen Nägeln
schweiß ich mir Glieder eines neuen Leibes.
Aus alten Lumpen mach ich die Eingeweide.
Der angefaulte Balg vom Aase
wird der Mantel meiner Einsamkeit sein.
Das Aug entreiß ich der Tiefe des Moors.

Aus Tafeln zerkauten Ekels
bau ich mir eine Hütte.

Eine Welt mit scharfen Kanten wird meine Welt,
hart und ewig.

IVAN STOPAR

(* 1929)

Die Legenden sind ein Teil der Wirklichkeit

Die Vergangenheit von Bežigrad steht in enger Beziehung mit der Kirche des Hl. Christophorus, die zunächst an einem einsamen Ort außerhalb der Stadt stand. Erbaut wurde sie 1497, doch fanden die Begräbnisse zu Beginn noch nicht hier statt. Erst beim Abreißen der Stadtmauer wurde ein Teil des Materials für den Bau der Friedhofsmauer verwendet, den Gottesacker weihte aber im Jahre 1779 der damalige Ljubljanaer Fürstenbischof Karl von Herberstein ein. 1906 bekam Ljubljana einen neuen Friedhof bei der Heiligenkreuzkirche, den von Bežigrad begann man aber langsam aufzugeben – sein kleinerer Teil wurde später in den Ehrenfriedhof *Navje* umgestaltet. Die Kirche erlebte zur Zeit ihres Bestehens die verschiedensten Umwandlungen, zuerst im Barock, dann 1934, als sie zum Mittelpunkt der neuen Pfarrgemeinde wurde und man sie umbaute und vergrößerte, gleichzeitig weihte man sie zwei neuen Patronen, den Hll. Kyrill und Metod. Aber auch diese mußte 1956 dem damals im Entstehen begriffenen Messegelände (Gospodarsko razstavišče) weichen. Ihr altes Interieur wurde 1958 in ihre gleichnamige Nachfolgekirche gebracht.

Bis zum Jahre 1875 ging am Abend des Ostersonntags auf den Ostermontag nach der feierlichen Messe in der St.-Nikolaus-Kathedrale bis zur Kirche des Hll. Christophorus die zum ersten Mal schon 1601 bezeugte Prozession zur Erinnerung an die Jahresfeier ihrer Weihung. Dort wurden eine Predigt und wieder eine Messe gehalten, diesmal eine gesungene, dann die Nachmittagsgottesdienste, und anschließend kam eine Prozession von der St.-Petrus-Kirche. All diesem folgte ein Vergnügungsfest, an dem ganz Ljubljana mit näherer Umgebung teilnahm. In dem Türkischen Graben versammelten sich die Kinder, um ihn herum drängten sich aber die Herrschaften. Den weiteren Ablauf beschrieb der Augenzeuge Ivan Vrhovec folgendermaßen:

Wie Regen fielen Orangen, Äpfel, Ostereier, verschiedene Süßigkeiten usw. unter die Menge der Kinder, und wer selbst nicht an eigenem Leibe erfahren und gesehen hatte, wie im Krieg die Kugeln kreuz und quer fliegen und pfeifen, konnte sich an diesem Tag auf geradezu ungefährliche Weise einen Begriff davon machen … Um das, was vorbeischwirrte und nicht in die Hände flog, scherte sich ein kluger und erfahrener Kopf nicht, weil er genau wußte, daß es verloren war, denn um das, was auf den Boden fiel, entbrannte stets ein fürchter-

licher Kampf; es bildete sich ein wirrer Haufen; Geschrei und Getöse brachen aus, wohl nicht viel anders wie damals, als die Türken selbst dort ihr Lager aufgeschlagen hatten …

Das ausgelassene Fest, das zahlreiche Ljubljanaer Historiker erwähnen, ist trotz der Zweifel einiger Forscher offensichtlich ein Andenken an die Türken, die nach dem erfolglosen Angriff auf Ljubljana, vermutlich 1472, in dieser Sandgrube, wo man später die Kirche des Hll. Christophorus erbaute, ihr Lager aufschlugen und wovon auch ihr Name herrühren soll. An die Türken soll dem Volksmund nach sogar der Name Bežigrad erinnern. Dort hatte angeblich ein türkischer Beg sein Zelt, und so wurde später das erste dort erbaute Haus *beži = begov grad* (Beg-Burg) genannt. Ob dies alles stimmt, wie es die alten Schriftsteller vermuten, ist letzten Endes nicht einmal so wichtig. Auch die Legenden sind ein Teil der Wirklichkeit.

Ain newes lied von den kraynnerischen bauren

(1515)

Hört wunder zu / der Baurn unrue / thet sich so ser aus praitten. In kurtzer zeit / zu krieg und streit / kham maniger her von weitten. Aus irer gemain / theten sy schreien Stara prauda / ain yeder wolt sich rechen / seines hern gut nun schwechen. Leukhup

leukhup leukhup leukhup woga gmaina / mit gmainem rat sy khamen dar / fur gschlösser marckht das ist war.

Der adel guet / auss freyem muet / thet sich gar starck auff schwingen / er macht das pöst / war nit der letzst / mit vechten und mit ringen / der Baurn schar / was rueffen dar. Stara prauda / die lantzknecht thetten prangen mit spiessen und mit stangen. Leukhup. »l. l. l.« woga gmaina / der Bauren pundt was zertrent / ir khainer west umb das endt.

Der Baurn list / man nit vergist / zu singen und zu schreiben / in irem muot das edel pluet / erdachten sy zu vertreiben / sy schrayen ser ye lenger ye mer / Stara prauda / den geistlichen nit schencken / ir nütz und gwin zu bedencken. Leukhup. »l. l. l.« woga gmaina / ir khainer sol ab wenden / er müst den krieg vorenden.

Der Bauren rat / gar offt und drat / gen Cili her thet schicken / begert do vil / ain seltzam spil / die stat thet sich erquicken / mit püchsen guot / sy schrecken thut. Stara prauda / ain yeder schwuor bey seinem ayd / es solt der stat werden layd. Leukhup »l. l. l.« woga gmaina / wir wellens frischlich vahen an / khainen darin leben lan.

Ains tags nit weyt nach vesper zeit / die Bauren thetten herdringen / wol zu der stat / in iamerss not / vermainten die zu bezwingen / mit irer macht / ir hertz das lacht. Stara prauda / pald was in entgegen gan / man gsach sy auff der walstat stan. Leukhup »l. l. l.«

woga gmaina. ir püchssen worden krachen / das spil wil sich machen.

Gar pald darnach / ain spil da gschach / gar maniger ward erstochen / auff der Bauren seyt / in klainer zeit / es het ain endt ir puochen / etlich aus In / hetten klain gewin. Stara prauda. Sy haben die schantz verloren / man hat in trucken gschoren. Leukhup »l. l. l.« woga gmaina / durch Ir falsch sinn und arglist / erhangen und auch gespist.

Gerichtsprotokoll 1660
fol. 186

Bei der Ankunft des höchsten römischen Kaisers Leopold I., am 13. September dieses Jahres, legte das ganze Bürgertum seine Waffen an, und zwar in drei verschiedenen Eskadronen; deswegen kaufte man ausdrücklich für diese Feierlichkeit ganz neue Fähnlein und man ließ für die Offiziere eine übliche Rüstung anfertigen. Von diesen stand einer auf dem Großen Platz, ein zweiter vor dem Landhaus, ein dritter war vor dem Viztum-Tor mit den Herren Räten schön aufgestellt. Und als sich der Kaiser der Stadt näherte, begrüßte ihn der damalige Bürgermeister, Herr Ivan Rerinberg, mit einer schönen Ansprache. Seine Einleitung war jener Ausspruch von Julius Caesar: Veni, vidi, vici, den er lang und breit ausführte. Der Bürgermeister überreichte ihm daraufhin auf einem samtenen Kissen die Stadtschlüssel, stellte das ganze Bürgertum als die ergebensten Untertanen vor und empfahl es mit der größten Ehrerbietung der kaiserlichen Obhut und Gönnerschaft. Jeder der Räte küßte dann dem Kaiser mit frohstem Herzen die Hand. Unter einem sehr wertvollen Baldachin begleiteten die Herren Räte den Kaiser vom Viztum-Tor zum Landhaus, über die Brücke auf den Großen Platz und in die Kirche des Hl. Nikolaus, wo man zur Ehre des Allmächtigen und ihm zum Dank das übliche »Te deum laudamus« sang. Der Kaiser begab sich anschließend in das Bischofspalais, das für ihn als Unterkunft bestimmt war; hier hielt Tag und Nacht eine Abteilung der Bürger als Garde Wache.

IVAN CANKAR

(1876–1918)

Wo die gerechten Richter sind

Eine große Stadt ist Ljubljana. Die Häuser sind hoch, stehen in der Reihe, eins am andern, keine Zäune dazwischen. Alle Straßen sind voller Menschen, jeden Tag Hochamt und Prozession. Geistliche gibt es so viele, daß man den Hut gleich in der Hand halten könnte. Von Morgen bis Abend läutet und schlägt es. Wie durch einen Jahrmarkt geht der Mensch, er weiß nicht, wo er hinsehen, wie er Platz machen und wen er fragen soll.

Lange zog Jernej kreuz und quer durch die Gassen und besah diese Wunder; dann trat er in eine Kirche, kniete vor einem Seitenaltar nieder und betete lange. Ganz still und dämmrig war es in der Kirche, leicht unterhielt man sich dort mit Gott.

Als Jernej gebetet hatte, war sein Vertrauen groß und fest.

»Vielleicht kommt noch eine lange Straße, vielleicht kommen noch schwere Wege, mit Steinen besät, von Dornenstauden bewacht!« dachte er. »Aber einmal wird die Straße schon enden, einmal wird die Tür sich schon öffnen! Gott hat das Recht nicht versteckt, wie ein Geizhals seine Silberlinge! An hundert Türen werde ich klopfen, die hunderterste aber geht mir sperrangelweit auf!«

So ging er zurück auf die Straße und fragte einen vornehmen Herrn, der vorbeikam:

»Wo sind die Richter, damit ich mich bei ihnen beschwere und damit ich ihnen meinen Rechtsstreit erkläre?«

Zuerst verwunderte sich der vornehme Herr, dann lachte er.

»Vater, geht und findet Euch einen studierten Doktor, und er wird sich beschweren und den Rechtsstreit erklären!

»Ja ist denn ein studierter Doktor nötig, wenn das Recht so ist, daß ein Blinder durchschauen und ein Tauber hineinhören könnte? Ich streite um keine Grenze, um keinen Weg, ich mag niemanden hinterlisten – warum soll ich zu Blendern gehen, zu studierten Doktoren? Nicht einen Rechtsstreit, Gerechtigkeit suche ich!«

»Lange werdet Ihr suchen, Vater! Sie haben Gerechtigkeit gesucht, viele sind es gewesen, und sind auf der Strecke geblieben; Pilatus aber hat sich die Hände gewaschen!«

Sprach und lachte und ging seinen Weg.

»Auch der hat ein Unrecht erfahren!« dachte Jernej. »Denn er hat gelacht, wo ihm zum Weinen war!«

Und ging durch die Gassen, er fragte nach und suchte und fand.

Es war ein großes Haus, hoch und geräumig, desgleichen Jernej noch nicht gesehen hatte. Mit schüchternem Schritt betrat er den Flur. Leute gingen dort kreuz und quer über Flure, Gänge und Treppen; Vornehme und Bauersleute, Männer und Frauen; und alle hatten im Gesicht eine Sorge, und alle hatten es eilig; es war wie ein Jahrmarkt. Jernej wußte nicht, ob er nach rechts oder links sollte, über die Stiege oder geradeaus. Er grüßte einen vornehmen Mann, er fragte ihn nach den Richtern, der vornehme Mann aber schaute, er zuckte die Achseln und eilte weiter. So stand Jernej da mit dem Hut in der Hand und wußte nicht, wohin. Da kamen von der Stiege plötzlich schreiende Stimmen, eine dicke Männer- und eine dünne Frauenstimme.

»Räuber! Räuber! Räuber!«

Sie kamen mit schweren Schritten die Stiege herunter, beide vor Zorn feuerrot im Gesicht. Die Frau, im Sonntagsgewand, hielt in den Händen einen Schirm und ein Bündel, der Mann aber schlug seinen Knotenstock in die steinernen Stufen.

Von oben rief eine ruhige Stimme, der man anhörte, daß sie vornehm war: so süßlich war sie und geschliffen.

»Überleg dir deine Worte, Mensch, damit du nicht später darüber nachdenken mußt!«

Jernej wunderte sich, und etwas wie Furcht griff in sein Herz. Er begab sich die Stiege hinauf, doch ging er langsam, als trüge er eine schwere Fracht. Noch hörte er von weitem, wie auf den steinernen Flurboden der Stock des Bauern pochte.

»Auch er hat es gesagt ... daß er gerechte Richter gesucht hat, aber es haben ihn Räuber erwischt ...«

So stand Jernej oben an der Stiege und wartete, daß jemand ihn anspräche und nach seinem Anliegen fragte.

Und wirklich kam ein junger Mann vorbei, er schaute den langen Jernej an, der mit dem Bündel und den Stiefeln dastand, und blieb stehen.

»Was suchen Sie?« fragte er.

»Es ist so: ich weiß nicht, wo ich hin soll, ob nach rechts oder nach links, wo das Haus der Gerechtigkeit so groß ist. Sagt mir, wo die Richter sind!«

Der junge Mensch lachte auf.

»Richter gibt es hier viele, lieber Vater – welchen sucht Ihr und wozu?«

»Einen gerechten Richter suche ich, es geht mir nicht um Namen und Aussehen. Die Sache ist so: ich habe vierzig Jahre gearbeitet, ich habe Haus und Hof gegründet. Jetzt aber urteilt: wem gehört der Apfelbaum – dem, der ihn gesetzt und gepfropft hat, oder halt dem, der die Äpfel herabgeschlagen hat, als sie reif waren? – Denn er hat gesagt: da, du hast vierzig Jahre gearbeitet, du hast Haus und Hof gegründet, jetzt aber geh in die Welt und such dir dein Recht! Und ich bin nicht verzweifelt, ich bin in die Welt gegangen, Gerechtigkeit suchen, und so bin ich gekommen. Wohin soll ich gehen, Freund, wo soll ich anklopfen, wo es so viele Türen gibt?«

Nicht mehr allein stand der junge Mann, drei schon standen vor Jernej. Und alle schauten vergnügt, und alle lachten. Jernej aber war bestürzt und beleidigt.

»Sagt mir's, wo ihr so viele seid und wo ihr gelehrt seid!«

Ein magerer Vollbart, der Augengläser trug, strich sich das Kinn und lächelte gütig.

»Sind Sie vorgeladen?« fragte er.

»Wie vorgeladen? Von selbst bin ich gekommen, mein Recht bin ich holen gekommen. Wie sollen sie mich vorladen, mir Recht anbieten, wenn sie noch nicht um Jernejs Rechtsstreit wissen? Ich werde erklären, und sie sollen urteilen!«

»Haben Sie eine schriftliche Klage?«

»Wozu schriftlich? Was für eine Klage? Ich klage niemanden: mir mein Recht, den andern kein Unrecht! Ich mag nicht, daß man jemanden, und sei er ein großer Nichtsnutz, in Ketten legt wegen mir oder daß man ihn aufhängt. Es tut auch nicht not, daß studierte Doktoren, Spitzbuben, meinen Rechtsstreit schreiben: lesen können die Richter, aber sie haben auch Ohren zum Zuhören. Zeigt mir, wo ich anklopfen soll!«

Sie sahen sich an, die vor Jernej standen, der Bärtige aber lachte von neuem und sagte:

»Gehen Sie mit, damit ich Ihnen zeige, wo die gerechten Richter sind!«

Jernej ging mit ihm, und alle, die zugehört hatten, gingen ihnen nach.

DRAGO JANČAR

(* 1948)

Nur für einen Augenblick hatte Er sich gezeigt

Beharrlich rückte unten der wimmelnde Tausendfüßler vor, wirbelte mit unzähligen Gliedern und brauste mit unzähligen Stimmen und Ausrufen. Eine Menge, eine riesige Menge auf Gassen und Plätzen, Trauben von Leibern an Fenstern, auf Balkonen und Dächern. Eine einträchtige Menge in ihrem gespannten und leichten Wogen, in verzückter und einmütiger Erwartung. Welch unbekanntes und überwirkliches Band hat diese tausendfüßige Raupe aus so vielen Einzelnen zusammengesetzt, daß sie jetzt in einem Denken und in einem Atem pulsierten, welche Idee hat jeden von ihnen so völlig in diese fiebrige, dampfende, ganz von der Größe des geschichtlichen Augenblicks erfüllte Menge eintauchen lassen. Der ganze Organismus mit seinem Zucken und Tosen in Erwartung Seiner, des Einzigen, des Absoluten. Die strahlende und verwirrende geschichtliche Weihe, die jeden in dem geballten, leicht wogenden und leicht tosenden Menschenmeer versinken läßt. Bürger und Adelige, Soldaten und Bauern, Landstreicher und Bettler, alle, alle mitten drin, alle geeint, alle mit roten, blutunterlaufenen Augen von der schlaflosen Nacht, schwankend und verloren in diesem einzigen Strömen und Wogen. Eine ungewisse Nacht, die letzte Nacht voller Unruhe und Ungewißheit war vorüber, jeder hatte das

Seine getan, jeder das Seine gedacht, jetzt war der lang erwartete Tag da, jetzt mußte es sich erfüllen.

Selbst Johann Ott mit seiner verwirrten Seele hatte voller Unruhe diesen wichtigsten Tag des Jahrzehnts, vielleicht des ganzen Jahrhunderts erwartet, diesen Spätsommertag, diesen Septembernachmittag, den die Chronisten noch lange mit den ausgesuchtesten und glanzvollsten Worten beschreiben würden. Er hing aus dem Fenster des Locatellischen Hauses und schaute hinunter auf das Wirbeln und Strömen der menschlichen Leiber, auf diesen Tausendfüßler, der in so seltsamer Eintracht schwankte und pulsierte und brodelte und atmete. Unruhe überkam ihn, auch ihn, der die großen geschichtlichen Augenblicke des Erwartens so unrühmlich verbracht hatte, in einem fort zwischen Frauenschenkeln, sogar noch in der letzten Nacht, wo ihn endlich doch die Erkenntnis durchfahren hatte, daß sich hier letzten Endes etwas so Bedeutendes abspielte, wie er es noch nie zuvor erlebt hatte und auch später nie erleben würde.

Selbst ihn zog es hinein in den wimmelnden Tausendfüßler, selbst ihn fesselte eine unbekannte Macht an diesen Organismus, von dem jedes einzelne Element von der Spannung erfaßt war, die schon so viele Nächte in der Luft, auf den Gassen, auf den Feldern, am Fluß und in den Stuben gebebt und gezittert hatte. Pamphlete, hinter die Haustüren gesteckt, nächtliche Festnahmen, Anzeigen, Verhöre und Befragungen, die zahllosen Unbekannten, die in der Stadt herumliefen, das Militär, das sich in den letzten Tagen unter den Stadtmauern breitgemacht, die vielen Adeligen, die sich in den Bürgerhäusern einquartiert hatten; all diese schönen und abstoßenden und schrecklichen Ereignisse zogen die Festlichkeiten keineswegs herab auf die prosaische Ebene etwa eines irdischen und beherrschbaren Ereignisses, im Gegenteil, aus alledem wehte jene sonderbare geschichtliche Ungewißheit, jener Zauber des großen Augenblicks, in dem die Menschen eine Art Massenwahn befällt, wo sie den Boden unter den Füßen verlieren und sich der kosmische Raum spaltet und sich dem nüchtern urteilenden Verstand entzieht.

Seit Jahrhunderten war ihr Herrscher nicht mehr bei ihnen gewesen, dieses überwirkliche Wesen, mit dem sie doch die ganze Zeit ihres Seins und Vergehens gelebt hatten, und vermutlich wird er wieder jahrhundertelang nicht kommen. Wer könnte die Größe dieses Augenblicks ermessen? War es nicht wert, für einen einzigen solchen Augenblick zehnmal, nein, hundertmal so viele Menschen wie bisher in den Kerker zu werfen, war es nicht der größtmöglichen Pracht wert, der höchsten Erregung, der tiefsten Verzückung, des mächtigsten VIVAT?

Das ist Sein Kommen, Seine Herrlichkeit, diese Pracht, die Glocken, die Kanonen, das Te Deum, ein Wunder auf Erden.

Um vier Uhr nachmittags erdröhnten auf der Burg die Kanonen. Für einen Moment ward reglose Stille, doch dann begann der Tausendfüßler aufgeregt zu wimmeln. Da unten begann es zu röcheln und wirbeln, daß es sich von alledem vor Johann Otts Augen drehte. Die Kanonen waren das Zeichen. Er kommt. Und wirklich flatterten kurz darauf am unteren Teil der Gasse über den Köpfen der Menge die ersten bunten Fahnen. Dort toste es von Ausrufen, hier aber röchelte der Tausendfüßler bereits in den letzten Zuckungen der Erregung. Johann Ott stürzte die Treppe hinunter und schob sich ins Gedränge. Das Tosen rückte immer näher, und rings um ihn glotzten die geröteten Gesichter irgendwohin ins Leere, irgendwohin in diesen leeren Raum, wo sich nun jeden Augenblick etwas Unerhörtes zeigen würde, etwas, was menschliche Augen nie zuvor erblickt hatten. An der Spitze des Zuges ritt ein Trupp Kroaten, die hatten lange Lanzen und trugen Tigerfelle um die Schultern. Ihnen folgte eine schön geordnete große Schar anderer Reiter. Dann kam eine riesige Anzahl einheimischer Adeliger, die mit den Pferden gegen den Leib des Tausendfüßlers drückten und ihn bis an die Hausmauern zurückdrängten, denn hinter ihnen kam endlich, endlich Er geritten. Leopoldus Dei Gratia Romanorum Imperator Semper Augustus Germaniae Hungeriae Bohemiae etc. Rex Archidux Austriae Dux Burgundiae etc. Allein. Allein inmitten des leeren, von den Würdenträgern ausgesparten Raumes, allein in seiner Rüstung, mit seiner Halskrause und der riesigen Perücke auf dem Kopf. Mit seiner Hakennase und den vorgestülpten Augen, mit den schütteren Härchen unter der Nase, mit seinem Knabengesicht und der achtlos herabhängenden fleischigen Unterlippe.

Nur für einen Augenblick hatte er sich gezeigt, und schon war er wieder verschwunden, schon verbarg ihn der Tausendfüßler den Augen Johann Otts und schlug über ihm zusammen, so daß nur noch das Keuchen und Schieben blieb, so daß er sich mit allerletzter Kraft am Türknauf festhielt und in den dunklen und kühlen Hauseingang schob.

Hier stand er und befühlte seine Knochen, die ihm der Tausendfüßler mit seiner eisernen Umklammerung zu brechen gedroht hatte.

Und das ist alles, sagte er, als er wieder zu Atem gekommen war. Weiter nichts, sagte er und ging durch das Eßzimmer, wo gerade ein Mahl für irgendeinen letztrangigen Beamten aus dem kaiserlichen Gefolge aufgetragen wurde, der im Hause Locatelli untergebracht war. Er ging auf sein Zimmer und zog seine Stiefel aus und dachte an Dorotheas Schenkel, die von allen Schenkeln der Welt doch die schönsten waren, und schlief ein.

Denkbuch der Unterthanstreue im Herzogthume Krain

(1853)

Eure Majestät!

Ein Verruchter hat seinen mörderischen Arm gegen den Gesalbten des Herrn erhoben.

Tief ergriffen und erschüttert beeilt sich der treugehorsamste krainisch-ständische verstärkte Ausschuß, seinen schmerzlichsten Abscheu über das an der geheiligten Person Eurer k. k. apostolischen Majestät gestern verübte ruchlose Attentat auszusprechen, zugleich aber auch seine laute und begeisterte Freude über die wunderbare Rettung und Erhaltung des kostbaren Lebens des heißgeliebten Monarchen in tiefster Ehrerbietung an den Tag zu legen.

Der Allmächtige hat das Werk finsterer Bosheit zu Schanden gemacht. – Er hat schützend Seine Hand gebreitet über das Haupt des Vaters von Millionen treuer Unterthanen, deren Gefühle unerschütterlicher Anhänglichkeit und Ergebenheit sich in dem heißen Flehen vereinen: »Gott beschütze und erhalte uns ferner unsern allergnädigsten Kaiser und Herrn«, zum Heile und Wohle aller unter Seinem erhabenen Scepter hochbeglückten Völker, unter denen die getreuen Krainer an unbegränzter Liebe und Verehrung ihres angestammten allergnädigsten Landesherrn und des ganzen allerhöchsten Kaiserhauses keinem andern nachstehen.«

Laibach den 19. Februar 1853.

Der treugehorsamste krainisch-ständische verstärkte Ausschuß.

Der Gemeinderath von Laibach beeilte sich an demselben Tage nachstehende Adresse abzusenden:

Euere k. k. apostolische Majestät!

Mit unaussprechlicher Entrüstung hat die Bevölkerung der Hauptstadt Laibach's das schändliche Attentat auf die geheiligte Person Euer kaiserlichen Majestät heute vernommen.

Ein Gefühl des tiefsten Abscheues vor solch ruchloser That durchzuckte die Herzen der Bewohner, welche in der allgemeinen Bestürzung nur durch die Kunde aufgerichtet wurden, daß das finstere Werk nicht gelungen, sondern von der Vorsehung Gottes, die über das Wohl der Fürsten und Völker wacht, die Gefahr abgewendet wurde, welche das so vielen Millionen loyaler Unterthanen hochtheuere Leben Euer Majestät bedrohte.

Der Gemeinderath der allezeit getreuen Hauptstadt Laibach, als deren Organ, ergreift diesen Anlaß, Euer k. k. apostolischen Majestät die erneuerte Versicherung der unwandelbaren Anhänglichkeit und Ergebenheit zu Füßen zu legen, worin sich Millionen treuer Völker mit dem heißen Flehen vereinen:

Gott erhalte ferner den treuergebenen Völkern Oesterreich's ihren Kaiser, ihren Vater!

Der treugehorsamste Gemeinderath der Hauptstadt Laibach am 19. Februar 1853.

Als wahr mir Gott helfe

Ich N. N. Schwor hiemit allss das ich darfür dem Erzherzog zu Oesterreich, unserm gnädigsten Herrn und Landesfürsten, auch gemainer Stadt Laybach getreuer Mitbürger sein will, ihren Schaden wenden und derselben Formen treiben Tag und Nacht, als sehr ich kann und mag, auch keinen Ausländer wider gemainer Stadt Freiheit, so viel mir das wissend in keinerlei Weise überhelfen, sondern dieselben Freiheiten helfen thun und handhaben, so viel mir immer möglich ist dazu dem Herrn Bürgermeister, Stadtrichter und Rath gehorsam und gewärtig sein will, vor allen Dingen aber auch keiner verführerischen sectischen

Lehrordnung, Opinion, sondern des alleinseligmachenden christlich katholischen alten Glaubens und Religion theilhaftig machen will, als dann auch alle sectischen Kirchen und andern Zusammenkünfte, darinen wider die katholisch römische Religion gehandelt und tractirt wird, gänzlich meiden will, als wahr mir Gott helfe und sein heiliges Evangelium.

(Schwur der Bürger zu Ljubljana, 1599)

DRAGO JANČAR

(* 1948)

Und von diesem Augenblick an war sie Staatseigentum

Dorothea ahnte nicht einmal, welch erhabene Sendung ihrer harrte und wie viele Menschen in diesem Moment ihretwegen ihrer dienstlichen Pflicht nachkamen. Unsicher trug sie ihren riesigen Haarturm und ihre Federn in der Gesellschaft des gestriegelten und parfümierten Johannes Massheim. Herrlich, jedoch auch bis zum äußersten verunsichert fühlte sie sich auf diesem glatten Parkett, in diesem gleißenden Kerzenlicht, unter den seidenbestrumpften Schienbeinen, zwischen Seide, Schmuck, geschnürten Taillen, und immerzu schien ihr, daß sie trotz ihres bemalten Gesichts, trotz ihres weiten Rocks und ihres üppigen Busens, der, um der Wahrheit alle Ehre zu geben, das einzig wirklich Würdevolle an ihr war; daß sie trotz alledem den Schweißgeruch und die schlüpfrigen Reden nicht verbergen konnte, den die reisenden Kaufleute in ihr Haus mitgebracht hatten. Sie spürte, daß ihr in Gesellschaft dieser hohen Kavaliere, von denen sie zu diesem privaten Vergnügen eingeladen worden war, bei dem auch andere Bürger zugegen waren, vornehmlich Bürgerinnen, daß ihr in dieser Gesellschaft, obwohl die Unterschiede zwischen den sozialen Schichten um des gemeinsamen Zieles willen am Ende des Vergnügens ziemlich verwischt waren, der Schweiß auf die Stirn trat. Am liebsten wäre sie fortgelaufen und hätte all diese gepuderten, mit Bändern festgebundenen Perücken, all die Verbeugungen und glatten Konversationen, die nicht imstande waren, geradeheraus oder doch wenigstens ein wenig klarer und einfacher vom Bett zu reden, all das hätte sie am liebsten stehenlassen und wäre zu ihrem Balthasar, das heißt Adam, das heißt Johann Ott gelaufen, meinetwegen auch zu dem welschen Poeten.

Deshalb war sie richtig froh, als man sie plötzlich überaus diskret, unaufdringlich und unbemerkt in ein leeres Zimmer führte. Dort erwartete sie ihr Nachmittagsbekannter, Minister Graf Lorcia, und teilte ihr vertraulich, aber doch ausgesprochen protokollarisch mit, sie sei von diesem Augenblick an Staatseigentum, sie stehe im Dienste einer erhabenen Sendung und könne von nun an nicht mehr über sich selbst verfügen. Sie sei sozusagen beschlagnahmt. Konfisziert. Nein, so etwas hätte sie sich nicht einmal im Traum vorgestellt. Sie sank auf einen Stuhl. Die einen Qualen waren vorüber, doch was kam nun?

Die Dienerschaft habe doch in ihrem Auftrag freibekommen, zu Balthasar Kazelj Locatelli sei ein Bote unterwegs mit der Nachricht, sie habe eine bedeutende staatspolitische Aufgabe übernommen; ihr Gast, der Kaufmann Johann Ott, über den Ermittlungen im Gange seien, stehe unter Polizeiobservation. Und sie? Sie werde in diesem Augenblick zu einer kurzen Vorbereitung aufbrechen, und dann ans Werk, denn es sei wenig Zeit, am Abend des folgenden Tages würden die Festlichkeiten mit der feierlichen Huldigung ihren Abschluß finden.

Sie hatte keine Zeit zu überlegen und keine Zeit, in Ohnmacht zu fallen. Sie folgte ihren Begleitern, die ihr erklärten, wie sie sich zu verhalten und was sie zu tun habe, aber mit einem so vornehmen Wortschatz, daß sie damit aber auch gar nichts anfangen konnte. Sie wird sich schon selbst helfen. Wenn es um solche Dinge geht, hat sie schließlich auch einige Erfahrung. Einiges Wissen. Es geht im Grunde ja doch um nichts anderes, dachte sie, wann geht es denn schon um etwas anderes, und ihr Selbstbewußtsein wuchs.

Als man sie endlich an den Schauplatz des Geschehens führte, stellte sie rasch fest, daß das Hauptmöbelstück hier das Bett war, ein großes, ausladendes Bett, aber eben doch nur ein Bett. Ein ihr durchaus bekannter Kampfplatz. Hier konnte nichts Schlimmes geschehen. Hier fühlte sie sich viel sicherer und weniger ungeschickt als auf dem glatten Parkett unter den parfümierten, geschniegelten und gestriegelten Kavalieren.

Sie schenkte sich vom Wein ein, der auf dem Tisch für das traute Liebespaar bereitstand, und das Zittern in den Händen legte sich. Sie setzte sich auf einen Stuhl und brachte sich in eine möglichst würdevolle Pose. Als sie die vorteilhafteste Stellung gefunden zu haben glaubte, fiel sie in Erstarrung. Aber vom Kaiser und Herrn von Gottes Gnaden war weit und breit keine Spur. Darum schenkte sie sich noch einmal ein und erstarrte wieder. Alles tat ihr schon weh von dieser unbequemen Sitzerei, als sich die Tür endlich doch auftat. Er trat ein, Er in einer Art Spitzengewand und eng anliegenden Hosen, aber der Himmel tat sich überhaupt nicht auf, und Engelchen sangen erst recht keine. Leopoldus Dei Gratia Romanorum Imperator Semper Augustus Germaniae Hungeriae Bohemiae etc. Rex Archidux Austriae Dux Burgundiae etc. war leicht betrunken und fing schon beim Eintreten an, sich die Hosen aufzubinden. Sie sah seine blutunterlaufenen und vorquellenden Augen und diese Hosen, die er in den Händen hielt, und in diesem Moment vergaß sie, in die Knie zu sinken, wie man ihr aufgetragen hatte. Sie saß da und sah den Rex Archidux Austriae etc. verwundert an, wie er mitten im Raum dastand und die Hosen in den Händen hielt und sie mit seinen kleinen Pupillen mitten in den großen, rotangelaufenen Augäpfeln anglotzte.

Der Dux Burgundiae etc. stand da und wartete, daß sie sich rühren würde, aber sie rührte sich keineswegs, wie eine Barockfigur saß sie auf dem Stuhl, und seine Hoheit lief auf einmal rot an. Er band sich die Hosen zu. Schritt durch den Raum. Goß sich Wein ein. Trank. Schwieg. Dachte nach. Was sollte er tun? Sollte er den Minister rufen, damit der dieser Frau sage, sie müsse sich ausziehen, daß sie nur wegen dieser Sache und wegen nichts anderem hier sei?

– Nun, sagte er dann immerhin, was ist jetzt?

Dorothea gab keine Antwort. Etwas Eigenartiges stieg in ihr auf, und sie erkannte sich selbst nicht wieder. Ein schrecklicher Trotz bemächtigte sich ihrer, ein unheimlich gefährlicher, widersetzlicher Gedanke hämmerte in ihrem Hirn.

– Nun, fing der Imperator Augustus Hungeriae erneut an, ziehst du dich nun aus, oder was?

Ein Teufel trieb in Dorothea seinen Schabernack, so daß sie einfach halsstarrig vor sich hin sah und gar nichts sagte und gar nichts tat. Etwas stieg in ihr auf, ein Was-soll-denn-das-heißen, sie zog sich schließlich nicht zum ersten Mal aus, aber doch nicht so!

– Was gaffst du denn, brüllte der Imperator Bohemiae plötzlich los, so plötzlich, daß ihm ein Schluck Wein in die falsche Kehle geriet und er wild zu husten begann.

Als er wieder Luft kriegte, stürzte er zur Tür und riß sie mit einem Krachen auf.

– Graf Lorcia, brüllte er in seinem Imperatorenzorn, werft diese verfluchte Hure hinaus. Und bedenkt die Folgen, setzte er etwas ruhiger hinzu, als er das verschreckte Gesicht seines Ministers erblickte.

Dorothea sah, wie Wände und Boden vor dem schrecklichen Herrscherzorn ins Wanken gerieten, sie spürte den Zerfall des Kosmos in diesem Raum, schaudernd vor ihrem gotteslästerlichen Widerstand erhob sie sich und stützte sich auf den Tischrand. Graf Lorcia stand in der Tür und durchlöcherte sie mit seinen Blicken, einmal voller Flehen, dann wieder hinter dem Rücken des Kaisers dort am Fenster mit Grauen in den Augen. Er trat zu Dorothea und packte sie mit wütender Geste am Ellbogen. Er stieß sie zur Tür, doch in diesem Augenblick ging wieder ein Ruck durch das Haupt des Gesalbten.

– Halt, schrie er, wie behandelt Ihr die Frau?

Jene berühmte fleischige Unterlippe erzitterte in gerechtem Zorn.

– Wo stoßt Ihr die Frau hin, stotterte er vor Aufregung, warum stoßt Ihr sie, wer hat gesagt, Ihr sollt die Frau stoßen?

Es ist kaum anzunehmen, daß der Herrscher über das unkorrekte Vorgehen des Ministers derart erbost war, allem Anschein war ihm der schnelle Gedanke durch den Kopf geschossen – immerzu mußte er schnell denken –, daß er diese Nacht letzten Endes noch allein würde verbringen müssen, mit Wein, oder aber mit diesem gefährlich fähigen und gefährlich schleimigen Menschen, der Tag und Nacht seine politischen Pläne und Ränke schmiedete.

Und es ist ebenfalls kaum anzunehmen, daß Dorothea die plötzliche Geneigtheit des Herrschers anders verstand als eine Geneigtheit, die zugleich schon Schwäche bedeutete. Denn jetzt flog statt ihrer der Minister aus dem Zimmer, und diese Tatsache mußte ihr doch Selbstvertrauen einflößen. Schließlich bedeutete es gewissermaßen eine Bestätigung ihres bisherigen Verhaltens. Mit Männern richtig umzugehen hatte sie doch immer schon verstanden.

So glaubte sie.

Und so blieb sie.

IVAN TAVČAR

(1851–1923)

Der Laibacher Kongreß

Wir sind mit einem Werke niedergekommen, zu dem jeder ehrliche Mann ohne Erröthen sich bekennen darf. Wir haben eine große Epoche durchgemacht, groß, weil sie schwer zu leiten war. Mehr als groß ist das Resultat der hergestellten Einigkeit zwischen denjenigen, die zum Willen und zur That die Macht besitzen.
Aus Metternichs Aufzeichnungen

Der Kongreß war beendet. Am 21. Mai reiste Kaiser Franz aus Laibach ab. »Der Himmel war bewölkt«, schreibt unser Chronist, »und um halb elf am Vormittag begann es zu regnen. Und dann regnete es bis zum Abend, als ob der Himmel mit den Bewohnern Laibachs über die Abreise des innigstgeliebten Landesvaters und der besten Landesmutter weinte.«

Dieselbe Chronik erzählt uns weiter: »Sie reisten am Morgen um halb sieben ab. Die Laibacher konnten sich das Vergnügen nicht versagen, ihren verehrten Herrscher und ihre allerbeste Kaiserin noch einmal zu sehen. Weit die Klagenfurter Straße hinunter breitete sich die wartende Menge. Einige der stets treuen Laibacher Bürger fahren sogar bis Medvode, um sich so spät wie möglich von den Hoheiten zu verabschieden.

Weiter von der Stadt und noch geraume Zeit auf der Kommerzialstraße fuhren die Hoheiten an singenden Schulknaben vorbei, die ihnen ein hundertfaches

Valete ausbrachten. Jeder Knabe schwenkte in der einen Hand ein weißes Tuch, in der anderen einen grünen Zweig. Dort, wo die Reihe der Schuljugend begann, dann in der Mitte und dort, wo die Reihe endete, waren reizende Triumphbogen aus grünen Zweigen und herrlichen Blüten errichtet. Unter diesen Triumphbogen fuhren die Hoheiten mit ihrer Begleitung hindurch, nachdem sie fast fünf Monate in Ljubljana geweilt hatten. Unsere Segenswünsche begleiteten sie!

Vor der Abreise beschenkte der Kaiser die Infanteriemusikkapelle des Baron Wimpfen mit 3.600 Golddukaten, ebenso beschenkte er die Kapelle des Grenzerzugs, der zur Zeit des Kongresses in Ljubljana stationiert war. Der Kapellmeister, der die Wimpfener Musiker anführte, erhielt 100 Zechinen. Dem kroatischen Bataillon, das ein Teil der Besatzung war, schenkte seinen Hoheit 2.600 Golddinar und dem Bataillon Reuss-Plauen 600 Golddinar. Weiters erhielten Bischof Gruber von der Kaiserin ein goldenes Kreuz und sein Hofkaplan eine goldene Tabakdose. Schließlich erhielten die Nonnenklöster in Ljubljana und Škofja Loka ein Bild Ihrer Hoheit der Kaiserin in einem wirklich schönen Goldrahmen.«

Und das war alles! Den Laibachern schien es allzu wenig, denn sie hatten viel mehr erwartet.

– Seit halb sechs drängten sich schon die Massen, um sich den günstigsten Platz an der Straße zu erkämpfen, auf der der »innigstgeliebte« Kaiser und die »beste« Kaiserin vorüberfahren mußten. In dem Gedränge war eine Menge von Bekannten zu erkennen, die die Neugierde auf die »Kommerzialstraße« hinausgetrieben hatte. An der Ecke vorm Figovec stand

Herr Ciril Erbežnik mit Zylinder. Bei sich hatte er Herrn Vincenz Lukman und dessen Frauchen. Sie genossen noch ihre Flitterwochen, er mit frommer Ergebenheit, sie in frommer Glückseligkeit. Aus diesem Grunde waren sie zuerst bei der ersten Messe in Šentklavž gewesen, und dann waren sie auch gekommen, um der Abreise des Kaisers zuzusehen. Ihnen war Herr Ciril begegnet, und er hatte ihnen ein gutes Plätzchen besorgt. Er hatte sie durch die Menge geschoben und dabei, weil er Geistlicher war, mit den Ellbogen nach allen Seiten knuffen und stoßen dürfen, ohne daß jemand gewagt hätte, sich ihm zu widersetzen.

»Hier bleiben wir«, erklärte er selbstbewußt, »und dem Kaiser direkt unter die Nase schauen! Nun, was gibt es denn Neues, Frau Marička?«

»Nur Gutes, nur Gutes!« flötete sie.

Er wandte sich an ihren Mann: »Und du, Cene? Ich habe gehört, ihr habt euch ewige Jungfräulichkeit gelobt, bevor ihr geheiratet habt! Stimmt das wirklich? He, Cene!?«

Cene schoß das Blut ins Gesicht.

»Nicht doch! Herr Ciril, nicht doch!« flüsterte Dagarins einstige Witwe verschämt.

»Sieh ihn sich einer an«, schrie Ciril, »wie er rot wird, wie ein Krebs in der Pfanne!«

Dem ehemaligen Theologen verschlug es den Atem. Herr Erbežnik aber schnalzte mit einer Hand gegen die andere: »Du Kujon, du!«

Die Verlegenheit der beiden Eheleute machte er sich sogleich zunutze: »Macht doch nichts, Cene! Morgen komme ich zu euch zum Abendessen. Und Cumpe bringe ich auch mit! Aber etwas Gutes muß es geben, Frau Mitzi!«

»Sicher, sicher, Herr Ciril.«

In der Nähe dieser drei drückten sich Urban Pintar und Vater Topolščak herum. Ersterer hatte keine Ähnlichkeit mehr mit sich selbst. Während der alte Topolščak wohlgenährt und adrett gekleidet war, hing an Urban alles herunter, und auch sein Anzug war zerknautscht. Sein rundes Bäuchlein war verschwunden, und die Knochen ragten ihm aus dem traurigen Gesicht.

»Hov, hov!« stöhnte er, weil er etwas anderes nicht hervorzubringen vermochte.

»Da hast du also geheiratet«, begann Topolščak, »und hast Magdalena Komar genommen?«

»Hov, hov!« wiederholte Pintar.

»Und wie geht es deiner Frau? Du bist zufrieden, was?!«

Jener blickte in die Luft: »Was soll ich darauf antworten? Du weißt doch, Gelse bleibt Gelse!«

Topolščak merkte, daß dieses Gespräch seinem Freund nicht recht war. Deshalb hielt er inne.

»Schlechte Zeiten sind das jetzt!« meldetet sich Pintar und lenkte das Gespräch auf ein anderes Feld. »Von Dolničar hast du sicher schon gehört, vom reichen Dolničar auf Brvice bei Šmarje?«

»Nichts habe ich gehört«, antwortete Topolščak. »Seit wir diese Trauer gehabt haben, leben wir nur mehr für uns und erfahren nichts!«

»Von Dolničar hast du nichts gehört? Merkwürdig! Du weiß doch wohl, daß er sich in Geld wälzt und daß er Pferdemist essen würde, wenn sein Magen das vertrüge. So geizig ist der!«

»Reiche Leute sind gewöhnlich so!«

»Sein Geld hat er entweder im Stall oder im Keller oder in der Schmiede vergraben. Ein paar Maß Zechinen! Ganz sicher!«

»Oj, oj! Wie leben diese Reichen doch in ewigen Sorgen!«

»Sie werden von Räubern belauert. Vor drei Tagen sind sie auch bei Dolničar aufgetaucht. Vermutlich irgendwelche Kroaten mit verschmierten Gesichtern. Sie haben ihn verprügelt und ihn auf glühender Kohle geröstet. Erst gegen Morgen haben Nachbarn sie vertrieben. Die ganze Stadt spricht davon.«

»Hat er sein Geld herausgerückt?«

»Gott bewahre! Wie ein Lämmchen war er gebraten, aber sein Geld hat er nicht herausgerückt. Die Kroaten sind mit leeren Händen abgezogen, Gott weiß wohin, und der Arm der Gerechtigkeit hat sie noch nicht gefaßt. Der Alte liegt im Sterben und weiß von nichts. Wenn er stirbt, wird man nicht wissen, wo das Geld ist. Daher wäre es gut, seinen Besitz zu kaufen! Wenn man nur Geld hätte!«

»Solche müßte man aufhängen«, meine Topolšćak.

»Was denn noch alles!« nörgelte Pintar. »Wer wird denn heute noch aufgehängt? Dieser verdammte Škole, hat er mir nicht die Hälfte meines Lebens gestohlen? An den Bettelstab hat er mich gebracht! Ein paar Jahre hat er bekommen, aber ich fahre seinetwegen früher in die Grube! Wer wird heute noch aufgehängt?«

»Du hast doch etwas zurückgekriegt«, tröstete ihn der andere.

»Keinen Heller! Was in der Bibliothek geblieben ist, hat Magdalena an sich gerafft, so daß ich rein gar nichts habe!«

»Was der Mann ist, das ist die Frau!«

»Stimmt nicht! Red mir nur nicht solchen Blödsinn! Ich bin ein armer Mann!«

Weil Topolščak nichts mehr zu fragen wußte, fragte er: »Wäscht sie noch bei den Chorherren?«

»Immer mehr«, stöhnte der Mann der Komar, »zum Dank prügelt sie mich noch, wenn nicht mehr. Dieser verfluchte Satan!«

Dicke Tränen drängten ihm in die Augen, deshalb wollte Topolščak ihn nicht weiter ausfragen.

»Und habt ihr das Geld bekommen?« begann Pintar nach kurzer Pause, nachdem er seine Tränen hinuntergeschluckt hatte.

»Ein Offizier hat es uns gebracht. Das stimmt schon, Mangel leiden wir nicht. Aber was kann uns das bedeuten, wo wir keine Kinder mehr haben!«

Hier füllten sich Topolščaks Augen wieder mit Tränen. Beide schwiegen. Weiter vorne, an der Ecke vor Piškots Gasthaus, stand eine größere herrschaftliche Runde. Frau Primic mit ihrer Tochter Julka hatte hier ihre Freundinnen versammelt. Die schwätzten miteinander, während die kleine Julka sich kokett nach den jungen Männern umsah.

»Mama«, rief sie aus, »dort sind die Scheuchenstuels!«

Tadelnd drehte sich Frau Mama nach ihr um: »Die von Scheuchenstuels! Wie oft soll ich es dir noch sagen! Wann gewöhnst du dir endlich Anstand an!«

Das Mädchen schürzte die Lippen: »Ach, was!«

»Sehen Sie, meine Freundinnen«, klagte die Mutter, »was für ein Kreuz ich schon jetzt mit ihr zu tragen habe!«

Julka war zornig, das konnte man ihr am Gesicht ablesen.

»Fräulein«, flüsterte jemand hinter ihr. Prešeren war leise herzugetreten und wollte sie jetzt irgendwie trösten. Der Student verließ sich auf ihre Bekanntschaft, die er auf der Redoutengalerie gemacht hatte. Doch er hatte sich gewaltig getäuscht. Das kleine Persönchen drehte sich hochmütig um, sah den Studenten eine Zeitlang geringschätzig an, bevor sich ihr Zorn über ihn ergoß: »Wer sind Sie denn, daß Sie sich erdreisten, mich anzusprechen?! Ich kenne Sie nicht!«

Den zukünftigen Dichter überflog es heiß, und er tauchte im Nu in der Menge unter.

Auch die Laibacher Napoleonischen ließen sich ihre Freude nicht schmälern, indem sie auf die Abfahrt des Kaiserpaares vielleicht verzichtet hätten. Sie hatten in der Nähe von Frau Primic und ihrer Gesellschaft Stellung bezogen, und zwar ausnahmslos alle. Da waren der Obristwachtmeister Alborghetti, Kommandant Tine Dreo, Kapitänleutnant Miklavž Recher und alle anderen. Auch der Reitoffizier und Sekretärsupplent des Laibacher Magistrats Herr Miha Martin Gerson war dort.

Heute war er die Hauptperson, und die Kameraden umstanden ihn mit gespannten Gesichtern. In den Händen hielt er einen vollgekritzelten Bogen.

»Sehen Sie, meine Herren«, erklärte er wichtig, »dies hier wurde heute nacht angeschlagen!«

»Wo? Wo?« fragte der Kapitänleutnant eilig.

»An der Schule, an der St. Jakobkirche und am Kreisamt!«

»Wem gilt es?« fragte der Abrüstwachtmeister langsam.

»Unserer Aristokratie«, gab Gerson zur Antwort. »Das muß man gehört haben. Hören Sie!«

Und der Sekretärsupplent las mit dumpfer Stimme:

»Diese, die Brut des Adels hier,
die glaubt in ihrer Weise,
daß ihnen, dieser ausgepausten Bestie,
kein Mensch mehr gleich!
Doch wartet nur, ihr Hundsgebiß,
wenn ihr nicht bescheiden seid,
so werd ich euch noch züchtigen,
bis in die Ewigkeit!
Auch gebt euch keine Müh, uns aufzuspüren,
ihr würdet nur die Zeit umsonst verlieren!
Wir sind unser acht
und nehmen uns stets wohl in acht!«

»Teufel, Teufel!« rief Matija Kiker, »das ist aber wirklich scharfer Tobak! Recht geschieht ihnen! Und was ist mit den einzelnen, hat da jeder sein Fett wegbekommen?«

»Gewiß doch!«

Am neugierigsten war Fähnrich Sernec: »Wer denn? Wer denn?«

Und Kiker fuhr fort: »Hat der Auersperg vielleicht sein Wappen hergeben müssen? – Seit er sich mit Metternich duzt, kann er vor Hochmut nicht mehr schlafen!«

»In erster Linie hat der Auersperg eins ausgewischt bekommen«, bestätigte der Reitoffizier.

Und Gerson las:

»Hier steht und tanzt Graf Auersperg, der Benedikt,
der mit Liebe jedes Dienstmensch beglückt,

er glaubt, daß ihm mit seiner Equipage und Bettelgeld
kein Mensch sei gleich in unsrer Krainer Welt!«

Polde Frörenteich stöhnte vor innerer Freude: »Jessas, wenn das die Frau Gräfin erfährt! Das ist aber wirklich gut!« Allen schien die Sache gut, und alle wünschten dem Grafen Auersperg von Herzen, daß sein Name in diesem Pasquill glänzte. Abraham Buserin, ehemaliges Mitglied des Bürgerausschusses im Magistrat und Schneider von Beruf, hatte es besonders auf den Grafen von Rakovnik abgesehen, der vor dem Bischofspalast einmal mit einem Schneider häßlich umgesprungen war. Mit dünnem Stimmchen fragte er: »Teufel noch eins, ist vielleicht auch Graf Barbo dabei? Recht geschähe ihm!« Und Gerson las wieder:

»Schaut doch den schönen Grafen Barbo an,
der kaum lesen, schreiben und rechnen kann,
er wurde aus der Schule excludirt
und als Praktikant beim Kreisamt acceptirt!«

»Das ist noch gar nichts!« murrte Buserin. »Dem hätten sie ruhig mehr aufgeigen können! Und zwar zu Recht!« Als Gerson erläuterte, daß auch Baron Schweiger erwähnt werde – *dieser arme Hund* –, Gräfin Thurn – *die süße Klementin* –, Fürst Porzia – *dieser ausgehörnte Geck* –, Graf Lichtenberg – *ein ausgemachter Tropf* –, Frau Burger – *diese alte, ausgesuchte Haupt-Canaille* –, Jelačić und Mandelstein aus Zagreb, Fräulein Kalchberg – *dieses dumme Gesicht* –, Graf Tonerl Thurn, Baroneß Tauferer, beschloß die ehrenwerte Gesellschaft einmütig, sich am Abend im Hinterzimmer bei Detela zu treffen, wo sie sich das ganze Schmählied Punkt für Punkt zu Gemüte führen wollten.

»Bevor wir aufhören«, meinte der Sekretärsupplent, »hört euch wenigstens noch an, wie der Herr Kreishauptmann davongekommen ist:

O seht den Kreishauptmann an,
diesen alten Eselskopf!
Er lacht sich an noch einen zweiten Kropf,
weil seine gute Frau noch voll Liebe lacht
und ihn zu einem der gehörnten Häupter macht.«

Wir haben dieses Pamphlet erwähnt, weil es in gewisser Weise die Moral des damaligen Laibachs beleuchtet und ein Beweis dafür ist, daß es – trotz aller Kongresse – gegen die Aristokratie und Bürokratie schon damals unter der Asche schwelte. Natürlich tobten die Adeligen, so daß in der Stadt eine wahre Sensation ausbrach und langwierige Untersuchungen einsetzten; aber es blieb bei dem, was die unbekannten Bösewichter prophezeit hatten:

»Auch gebt euch keine Müh, uns aufzuspüren,
ihr würdet nur die Zeit umsonst verlieren!«

Aus der Ferne waren Rufe zu vernehmen. Der Kaiser und die Kaiserin kamen. Sie fuhren im offenen Wagen und bedankten sich huldvoll bei der »Vivat!« rufenden Menge.

Am begeistertsten war die Židan-Mutter. Sie winkte mit einem weißen Tüchlein und rief lebhaft »Vivat!«.

Sie war so schön, daß sogar das Auge der Kaiserin sie bemerkte.

»Schau, was für eine herrliche Frau!« sagte Kaiserin Karoline Auguste zu ihrem hohen Gatten.

Kaiser Franz, der die Židan-Mutter ja auch kennengelernt hatte, antwortete kaltblütig: »Das ist die

Frau, bei der der russische Zar auf eine Portion Nieren eingekehrt ist!«

Ein Nebelschleier legte sich auf das Antlitz von Karoline Auguste, ein Seitenblick traf den vergötterten Kaiser; dann wandte sie den Blick zur anderen Seite und murmelte etwas. Es klang nach einem bekannten französischen Ausdruck, der vermutlich dem russischen Zar galt. Ihren Mann würdigte sie jedenfalls keines Blickes mehr und grüßte auch die Menge nicht zurück.

Morgen reise ich ab, gedenke in Begleitung der Schloßbesitzer von Radmannsdorf einen kleinen Abstecher nach dem Veldeser See zu machen und dann auf dem Wege über die Wurzen nach Wien zurückzukehren.
Aus Metternichs Aufzeichnungen

Fürst Metternich verließ Laibach am 22. Mai. Das Wetter, zuvor schön und strahlend, war in der Nacht unangenehm umgeschlagen. Als sich die lange Reihe von Wagen, mit denen der Fürst reiste, von Podbrezje nach Radovljica bewegte, war die Landschaft in Schnee gehüllt, und von den Bergen wehte ein scharfer Wind. Es regnete und schneite, und hier und da war Donner zu hören.

Erst als sie in die Nähe des freundlichen Oberkrainer Städtchens gekommen waren, sagte Metternich, er wolle seinen Freund Thurn überraschen. Insgeheim wollte er sich auch von Eva Luisa, seiner Bewunderin, verabschieden, an die er in der letzten Zeit recht viel hatte denken müssen. Er wußte selbst nicht weshalb, obwohl es jedem älteren Manne guttut, wenn ihn ein junges Mädchen bewundert. Aber Fürst Metternich wollte vor allem zeigen, daß er wegen des Affronts, den ihm Comtesse Thurn während des Kongresses bereitet hatte, nicht im Zorn schied.

Als die Gespanne nach Radovljica hineinratterten, war die Überraschung bei Bürgern und Schloßleuten vollkommen. So versammelte sich eine Volksmenge vor dem Schloß und hielt Maulaffen feil. Als Fürst Metternich die herrliche Schloßtreppe hinaufschritt, eilten ihm der Graf als Hausherr und seine Gattin entgegen. Er küßte der Hausherrin die Hand und sagte galant:

»Sie müssen es gewußt haben, Gräfin, daß mein Herz mir nicht erlaubt hätte, mich von dem Land zu verabschieden, ohne mich bei den Thurns zu verabschieden!«

Größere Ehren hatten die Thurns noch nicht erlebt! Teuer war ihnen der Gast, und erforderte die Gastfreundschaft auch noch so viele Opfer: Der Fürst war den Thurns willkommen! Ihm wurde eine Wohnung im Schloß bereitet, wo auch der größte Teil der umfangreichen Begleitung nächtigte. Der Rest verlor sich in Radovljica, so daß zur Zufriedenheit des Fürsten alles recht rasch auf das schönste geordnet war. Jetzt erfuhr der Fürst, daß Eva Luisa gefährlich erkrankt war, und er bemerkte auch, daß die Gräfin Mutter verweinte Augen hatte. Sie war schon so schwach, daß sie nicht mehr aus dem Bett aufstehen konnte, weshalb sie Fürst Metternich auch nicht gleich im ersten Moment begrüßen konnte. Erst nach Tisch begleitete ihn die Gräfin in das Zimmer ihrer Tochter.

Eva Luisa lehnte im Sessel. Sie war wie ein Schatten, wie eine welkende Blüte. In kurzer Zeit hatte die Krankheit sie zerstört, und jetzt lag sie im Sterben.

Fürst Metternich fühlte es, und sein Herz wurde ihm schwer. Als Diplomat verstand er es, seine Gefühle zu verbergen. Er setzte sich zu ihr, ergriff ihre knöcherne Hand und sagte: »Unser Eva Luischen ist ein wenig krank, das bereitet allen ihren Freunden Schmerz. Doch bald kommt der warme Frühling, da kommen die Südwinde, und unsere Eva Luisa wird wieder zu Kräften kommen wie die Forelle im Bach. So wird es sein, meine Freundin!« Lange sah sie ihn an. Sie war vor Glück so aufgeregt, daß sie nicht sprechen konnte.

»Auch Seine Hoheit, der russische Zar, hat mir seine Grüße an Sie, Comtesse, aufgetragen!«

Das kümmerte sie nicht besonders: »Ihr, Fürst, seid noch immer der große, mächtige Herr!«

Ihre großen, hellen Augen tranken sich an seinem Anblick satt! »Und Gräfin Esterhazy?« fragte sie mit schwacher Stimme. Die Röte überflog für einen Moment ihr Gesichtchen, auch der Fürst wurde ein wenig rot.

»Sie ist schon lange in Wien!«

»Übermitteln Sie ihr meine Bitte, sie möge mir verzeihen!«

Sie setzte hinzu: »Wie schön ist es, Fürst, daß Sie mich an meinem Totenbett besucht haben!«

»Comtessa!« rief er vorwurfsvoll aus.

»Manchmal ist es schöner zu sterben als zu leben!« Und wieder umfaßten ihre Augen seine Erscheinung.

»Um etwas würde ich Sie gern bitten, Durchlaucht!« Scham überkam sie, so daß sie schwieg. Sie hob die Augen zu ihm, und aus diesen Augen glühte die Liebe, jene Liebe, die von Anbeginn der Welt ein männliches Wesen an ein weibliches bindet.

»Fast jede Nacht träume ich davon!« sagte sie wie zu sich selbst. »Mir scheint es, ich könnte danach leichter sterben!«

Wieder versagte ihre Stimme.

»Sprechen Sie, Comtesse!«

»Nur einen Kuß von Ihren Lippen!«

Er hatte die Worte kaum vernehmen können, die sie auf französisch geflüstert hatte. Wie ein Kavalier beugte er sich über sie und küßte die bleichen Lippen voll innerer Wallung.

Als Fürst Metternich am nächsten Morgen Radovljica verließ, sangen die Glocken im Turm. In der Nacht war Comtessa Eva Luisa verschieden.

FRITZ VON HERZMANOVSKY-ORLANDO

(1877–1954)

Das Reich der Tarocke

Wenn man das alles gerecht erwägt, ist es auch nicht wunderzunehmen, daß man ein eigentümliches Staatengebilde nicht wahrgenommen hat, das knapp nach dem Laibacher Kongreß 1821 ins Leben trat und sich weiter und weiter frißt – unaufhaltsam die Welt erobernd. Es, und nicht etwa das wanzenerstickte Asien, wird über kurz oder lang zum Beispiel dem britischen Weltreich ein Ende machen! Es, das wie nichts anderes im Europäertum verankert ist und sozusagen den Astralleib der weißen Rasse darstellt: das – vielleicht ist die Bezeichnung die treffendste: *Das Reich der Tarocke!* Wie alle transzendentalen Dinge ist die Sache schwer in allgemein verständliche Worte zu fassen.

Wie gesagt, am Laibacher Kongreß beschloß man – was auch das Vernünftigste war –, zwischen die germanischen, slawischen und romanischen Gebiete einen Pufferstaat zu legen, das Burgund des Südostens, das Burgund der Levante, wie es einige poetisch benannten. Und sie hatten so unrecht nicht. Denn gerade Burgund hängt stark mit dem Osten zusammen, gerade Burgund war es, das das ganze Mittelalter hindurch nach der Herrschaft über die Levante strebte und im Verlauf der Kreuzzüge ganz Griechenland und Teile Vorderasiens eroberte und dort das Königreich Jerusalem, die Fürstentümer Edessa, Tripolis und Antiochia gründete, während in Griechenland Athen, Elis, Achaia und Corinth seine stolzesten Eroberungen waren.

Nirgends herrschte ein solcher Glanz wie an diesen Höfen, und lange Zeit war Achaia das Vorbild allen höfischen Lebens, die Hochburg der Minnesänger.

Daß die Verfassung des neuzugründenden Pufferstaates eine streng monarchistische sein mußte, ist in Hinblick auf die Epoche seiner Entstehung ohneweiters klar. Die Frage der Dynastie machte viel Kopfzerbrechen. Verschiedene Häuser kamen in Frage: Dem großen Bayernkönig Ludwig zum Beispiel lag der gewiegte Orientkenner Fallmerayer beständig in den Ohren, alte Anrechte geltend zu machen, und malte Seiner Majestät das Kaisertum Kärnthen in glühenden Farben an die Wand.

Ja, in einer vertrauten Stunde entwickelte der phantasiereiche Mann sogar die Idee, einen neuen

Kontinent: »Gschnasien« zu bilden, eine Idee, die vielleicht einmal wahr wird. Qui vivra verrà!

Der von England zur Ablenkung arrangierte griechische Freiheitskampf brach bald darauf aus, und im Londoner Nebel gebraute Intriguen leiteten die Wittelsbachische Gefahr nach Hellas ab. Jetzt schien dem Haus Koburg der Thron der Tarockei gewiß. Da raunzte aber wieder Kaiser Franz und wollte dort eine Quartogenitur der Habsburger ins Leben rufen, was aber die andren Herrscherfamilien lebhaft zu verschnupfen begann. Als das europäische Gleichgewicht schon so weit verschleimt war, daß man die Säbel dumpf rasseln hörte, ließ Metternich seinen großen Geist wieder einmal leuchten: die Lösung war so einfach – dabei so dynastisch als möglich, andrerseits so durch und durch dem tiefsten Empfinden des Volkes, ja, dem Ideal des kommenden Jahrs 1848 entsprechend, daß wir nur mit ehrfürchtigem Staunen den Flug dieses großen Geistes bewundern müssen.

Was tat er? Er schuf eben »das Reich der Tarocke«, von Nörglern, denen nie etwas recht ist, auch »das Spiegelreich des linken Weges« benannt. Die Verfassung war vorbildlich. Man baute sie auf in Anlehnung an die strengen, unerbittlichen Gesetze des in Österreich ungemein populären Tarockspieles, dessen esoterische Bedeutung alle Welträtsel deutbar macht und natürlich weit über den Rahmen dieser schlichten Erzählung hinausginge.

Nach Art der antiken Tetrarchen herrschten im neuen Reiche vier Könige, die man jährlich auf eine geradezu geniale Art und Weise neu wählte. Man legte dieser erwähnten Zeitdauer folgende Beobachtung zugrunde: Bei einem Tarockspiel, das ein ganzes Jahr in Betrieb ist, sind die Könige durch die Bank fast bis zur Unkenntlichkeit verschmutzt. Die kann man mit Benzin notdürftig reinigen. Fleischerne Könige nicht!

Und was tat man also bei der Wahl der ein wenig starr kostümierten Landesväter? Man machte vier Männer zu Monarchen, vier Männer, die jeweils den Königen des in Gradiska – der Hauptstadt – aufbewahrten sogenannten Normaltarockspieles am ähnlichsten sahen!

Dieses Normaltarockspiel entsprach einer Einrichtung ähnlich dem »Normalmeter«, wie er in Paris, der Metropole aller gockelhaften Wichtigtuerei, aufbewahrt wird. Das besagte Paket Karten wurde Tag und Nacht von einer Nobelgarde verdienter Männer bewacht und alle vierzehn Tage durch Gelehrte von Weltruf gemischt und dabei kontrolliert. Nach dem Raubmord an Deutschland wollte man es nach Genf verlegt wissen, um dabei ähnlich wie bei der etwa auf gleicher Rangstufe stehenden »Donaukommission« neue Sinekuren für politische Gigerln zu schaffen.

Durch dieses Wahlsystem war jedem Schwindel, jeder Bestechlichkeit, jeder Intrigue der Weg einfach abgeschnitten, und kamen auf diese Art Männer aller Stände, ohne Ansehung von Bildung, Reichtum, Gelehrsamkeit, Abkunft, ja nicht einmal von Unbescholtenheit, zur höchsten Würde, ein Vorgang, den in ähnlich genialer Weise bloß noch das Papsttum sein eigen nennt. Allerdings wird dort auf den letzterwähnten Punkt rigoros geschaut.

Der eigentlich mächtigste Mann im Reich war aber der sogenannte »Sküs«, nach einer ein wenig komischen, harlekinartigen Figur dieser Karten so genannt. Doch sei man weit entfernt zu glauben, daß diese unbedeutende Äußerlichkeit auch nur das geringste mit der inneren, erhabenen Würde der Stellung zu tun gehabt hätte. Große Staatsmänner wirken äußerlich immer etwas komisch.

Dieser Sküs also war der Reichskanzler, der den Staat mit diktatorischer Gewalt lenkte, fast stündlich neue Gesetze aus dem Ärmel schüttelte und jede Woche irgend etwas Umwälzendes tat. Ihm zunächst stand an Rang und Ansehen der sogenannte »Mond«, eigentlich ein »Einundzwanziger«, womit gesagt sein wollte, daß diese Figur den einundzwanzigsten Grad einer sehr mystischen Art von Freimaurerei bekleidete. Als dritter rangierte der »Pagat«, der Finanzminister, der großes Wort zu reden hatte. Zusammen bildeten sie die »Trull«, ein niemals zu stürzendes Kabinett.

Das Reich umfaßte bei seiner Gründung einen nicht unbeträchtlichen Teil Südösterreichs, ehemaliges Freysingisches, Salzburgisches, Bambergisches und Brixner Enklavengebiet, grenzte im Norden an Steyermark und Kärnthen, im Osten an Kroatien, reichte im Süden ans Meer und im Südwesten bis an die Grenze von Venedig, des Lagungenreiches, das es wohl als den ersten Fremdkörper verschlingen dürfte. Denn welche Stadt ist phantastischer und unwirklicher, kaum mehr von dieser Welt – schöner und dabei am wenigsten wirklich bekannt als diese märchenversponnene Königin der Adria und dadurch für den Übergang in ein Traumreich wie geboren!

Rein äußerlich ... wer kennt sich dort aus?

Ich, der ich einige Jahre dort das Gymnasium – oder wenigstens das, was man dort für ein Gymnasium zu halten geneigt ist – besuchte, habe zum väterlichen Palazzo, der keine drei Minuten vom Markusplatz entfernt ist, oft nur mit Mühe und nach stundenlangem Umherirren heimgefunden. Wie oft erschien kein Professor! Wie oft traf ich meine arme Mutter mit einer irrblickenden Magd – sie hatten sich beim Einkaufen verirrt! Oder sah meinen Vater düster zu Boden blicken, am ergrauten Schnurrbart kauen und bisweilen heftig mit dem Stock auf das Pflaster schlagen. »Geh nur nach Haus«, pflegte er mir da zu sagen, »ich lasse Mama grüßen, und sie möchte die Suppe auftragen lassen … ich komme in längstens fünf Minuten …« Aber oft wurde es Abend, ja tiefe Nacht, ehe der Übermüdete sich zur Mittagstafel setzen konnte.

So viel vermag die väterliche Autoriät, keine Schwäche zu zeigen. Dasselbe auch ein sonderbarer, jedem in Venedig Seßhaften angeflogener Komplex, lieber obdachlos umherzuirren, als nach dem Weg zu fragen oder gar sich führen zu lassen. Es würde übrigens auch gar nichts nützen.

Wir waren ja bloß Fremde – keine geborenen Venezianer. Aber, wie oft habe ich auch Eingeborne der Lagunenstadt vor Madonnenbildern wehklagend gefunden, darunter sogar Briefträger und Polizisten, selbst städtische Ingenieure mit Meßlatten. Falsche Scham verbot diesen Unglücklichen, Auskünfte über den Weg einzuholen. Sie wendeten sich lieber an die höheren Mächte, und die Kirche strich schmunzelnd manch schönes Geld für Gelübde ein. Ich habe auch bemerkt, daß man dort, konform den im Preis herabgesetzten, weil fehlerhaften Kursbüchern, um ein wahres Spottgeld falsche Stadtpläne bekommt – da es ja doch alles eins ist und man wirr hinlithographiert, was einem gerade einfällt. Sogar alte Schnittmuster werden geistlos kopiert oder gar in Stücke zerschnitten naiven Reisenden als Pläne aufgeschwätzt.

Wir wollen dieses traurige Stück Sittengeschichte aber nicht unnütz breittreten und am Schlusse unserer Betrachtung nur noch bemerken, daß das auffallend rege Straßenleben der im Grund nur wenig bevölkerten Stadt auf Konto der vielen Verirrten kommt. So glaubt man eine Weltstadt zu sehen, worauf der Venezianer nicht wenig stolz ist.

MARKO PAVČEK

(1958–1979)

Stück für Stück

mit jedem gedicht werde ich weniger
ich zerkratze mich zu einem gedicht. langsam.
stück für stück.
der schmerz ist brennend, aber süß.

schwarzes blut spritzt aus den versen.
unter den nägeln leuchtet mein fleisch.
mit jedem gedicht werde ich weniger.

die zeit wird kommen, in der ich mich völlig zerkratze.
ohne haut werde ich sein, ohne augen,
ohne blut und adern,
ohne fleisch, ohne knochen,
ohne herz.

dann bin ich am vollkommensten.

JOŽE JAVORŠEK

(1920–1990)

Siebenter Kreis, II: Zuhauf kommen Seelen die Ljubljanica herab

Das Prešeren-Denkmal! Was für eine alte Eiche ist doch dieses Denkmal, eine Eiche, die der Wintersturm auf den dazu am wenigsten geeigneten Laibacher Platz gestellt hat. Der Kopf des Denkmals ist ganz aus Gold, so wie der Kopf der Pallas Athene auf der Akropolis aus Gold war, die romantischen Haare des Denkmals sind ebenso aus Gold, wie es der Helm der Pallas Athene war. Brust und Arme sind aus purem Silber, und erst von der Hüfte an verwandelt sich das Denkmal in Kupfer. Ein Bein ist aus Eisen, das zweite aus gebranntem Ton, und gerade jenes aus Ton (das rechte) gibt dem Denkmal im Stehen mehr Halt als das aus Eisen. Außer im goldenen Bereich gibt es überall Risse, aus denen unaufhörlich bittere Tränen rinnen. Hinter dem Denkmal erhebt sich ein hoher Felsen, und auf diesen Felsen setzen sich die Laibacher Mädchen, um Ehrenwache zu halten. Jeden Tag wechseln sie sich ab, und jeden Tag entkleidet sich eine neue Schönheit bis zum Gürtel über Prešeren und winkt ihm von der Früh bis zum Abend mit einem Lorbeerkranz zu, während die Winde in den Schleiern um Hüfte und Füßchen spielen.

Zuhauf kommen Seelen die Ljubljanica herab und mustern die Statue, so wie abends im Mai ein Mensch den anderen mustert, »wie ein alter Schneider, der einen Faden einfädelt«.

Sonst aber ist alles zusammen ein großes Durcheinander. Jemand hatte einen Einfall und hat ein Meeting organisiert, an dem Beethoven, Sascha Chantel, Marquis de Sade, Komanova Manica, André Gide, Frančeks Gustl, Le Corbusier, Francesco Robba, ein mitteleuropäischer Vertreter der Sezession und Herr Vurnik teilgenommen haben.

KAREL HYNEK MÀCHA

(1810–1836)

Übelkeit. Wälzte sich darin.

29. (August 1834)

Brachen in aller Früh auf. Wunderschöner Ort. Der schönste auf unserer Reise in der Umgebung Laibachs. Der zweite Wiener. Zuerst Milch. Laibacher Kastell. Trafen Neumann. Die Mährer meldeten sich. Wäldchen vor der Stadt. Gingen auf die Polizei. Lauter Böhmen. Kauften Bücher. Herr Professor Franz Heinrich. Gingen zu Hrn. Dr. Prešeren. Hr. Dr. Crobath. Einladung. Bekamen Bücher. Kauften. Suchten ein Zimmer. Nazaräer. Schwarzer Adler Nr. 5. Kaffeehaus vor dem Theater. Promenade. Auf einer Tafel steht: »Zur Bequemlichkeit der Spazierenden wird ersucht das Begrüßen durch Abnehmen des Hutes zu beseitigen.« Herr Prešeren und Herr Brauner holten uns aus dem Kaffeehaus ab. Teurer Kaffee für 20 kr. Gingen auf Krebse. Tranken unterdes Wein und aßen Brot. Dann kamen Herr Doktor Krobath und Hr. Dr. Toman. So waren wir lauter Juristen. Aßen Hecht. Danach kamen riesengroße Krebse 2mal. 4 mußte ich verdrücken. Dann gesottener Karpfen. Übersetzten Kolar. Dann kam teurer Wein in versiegelten Flaschen. Sprachen über Professor Vodnik, wie sie einmal Schinken schlugen. Zahlten im voraus. Dann über Kopitar. Prešerens Sonett auf ihn. Ab. C. Krieg. Dann sprachen wir über die Karantanen. Über die Slavija. Ließen die Slawen hochleben. Dann sangen wir. Herr Toman war fidel. Kuß. Herr Prešeren sprang herum: Wo habt ihr sie, ihr Deutschen. Dann noch stärker: Lang, lang ist's her usw. Herr Toman schlug auf den Tisch und schluchzte immer häufiger, und alle riefen: Es ist schon Zeit usw. Zur Save, und die Augen glänzten. Mit voller Stimme. Einladung auf den anderen Tag an einen geheimen Ort. Gingen schiffen. Štrobach lag auf der Stirn. Man führte uns beide heim. Mich Herr Dr. Chrobath. Stolperte. Wie wir nach Haus gekommen sind, weiß ich nicht. Hr. Prešeren und Toman schoben die zwei Betten zusammen. Ungeheurer Lärm. Streit.

[Manuskript beschädigt]. Sie wollten mit Hockern werfen. Beschimpfte uns mit Schweinen usw. Übelkeit. Wälzte sich darin. Wußte nicht, daß er mich schrecklich [Manuskript beschädigt.] angekotzt hatte. Stöhnen. Erinnerung. Noten zum Sonett. Angst vor Einmischung.

30. (August 1834)

Ordnung im Zimmer. Machten Ordnung. Putzen. Warteten aufs Hemd. Ging ums Frühstück. Ein andermal. Sollten nichts bekommen. Schustergesellen. Frau Präsidentin. Der Wirt hatte bis zum Morgen gezittert. Wir bekamen unser Frühstück. Suchte Herrn Oberst von Lilienberk auf. Polizei. Hr. Oberst rief mich hinein. Bekam mein Papier. Zogen aus dem Adler aus. Gingen uns verabschieden. Kastelic. Sie wollten uns nicht gehen lassen. Jacke. Eine Tschechin. Sie würden uns ganz bis zur Grenze bringen, wir sollten doch zum Mittagessen bleiben, wir hätten die Mädchen erzürnt. Rock. Wir mußten es versprechen. Suchten ein Zimmer. Ein Loch. Verließen Laibach. Trafen einen Deutschen. Lagen da und warteten auf ihn. Sonnenuntergang. Blaue Berge. Kurven. Ende der Welt. Nachtlager. Gute Suppe. Milch.

JUŠ KOZAK

(1892–1964)

Die Wirtshäuser meiner Geburtsstadt

Die Wirtshäuser meiner Geburtsstadt sind wie Aquarien, nur daß hinter der Glaswand kein Wasser fließt, sondern Wein und scharfe Getränke. Wer lange im Aquarium sitzt, dem erscheint die Welt draußen auf der Straße so merkwürdig, wie wahrscheinlich den richtigen Fischen die Leute erscheinen, die sie betrachten.

Mancherorts fließt in den Aquarien guter Wein, woanders schlechterer, und eine Legende erzählt, daß einmal ein Wirt gelebt habe, den es wegen des schlechten Maßes und des getauften Weines so gereut habe, daß er sich vor der Türe, draußen am Aushängeschild, aufgehängt habe. Im Testament habe er geschrieben, daß er dort oben bis zum Begräbnis hängen müsse. Niemals zuvor habe er so viele Trinkgäste gehabt, wie sich auf seiner Beerdigung dankbare Leute versammelt hätten.

EDWARD SAMHABER

(1846–1927)

Man entsetzte sich vor den Liebessonetten

O fraget nicht, was ich gelitten habe
Und leiden werde bis in späte Fernen!

Es ist die Zeit des Laibacher Beamten- und Concipiententhums, in die Preširen's fruchtbarste poetische Thätigkeit fällt. Sie fällt zugleich mit dem jungen Frühling zusammen, der damals auf literarischem und sprachlichem Gebiete des Slovenenthums ersprossen war. Männer, wie Preširen's beste Freunde Čop und Smolé, dann Kopitar, Metelko und andere begannen mit liebender Sorgfalt die heimischen Schätze zu pflegen und insbesondere die bisher in den Winkel gestellte Dienstbotensprache an's Licht zu ziehen und ihr in immer weiteren und weiteren Kreisen Aufnahme zu verschaffen. Das Volk mußte erst zum Bewußtsein gebracht werden, daß es eine Sprache habe, in deren Tönen seine schönste Blüte, das Volkslied, erwachsen ist und die in sich die Kraft trüge, auch Sprossen höherer Kunstpoesie zu treiben. Zu dem Zwecke gründeten Čop, Kastelic und Dr. Supan im Jahre 1830 die sogenannte »Krainische Biene«, die in gewisser Hinsicht dem Volke das werden sollte, was einst Horen und Musenalmanach dem deutschen Volke geworden sind. Vor dieser krainischen Biene scheint man insbesondere in den höheren und frommen

Kreisen einen gelinden *horror* gehabt zu haben, namentlich aber entsetzte man sich vor den glühenden Liebessonetten eines Preširen als unsittlichen, thöricht-verliebten Sachen. Es wehte vormärzlicher Wind, und der streifte über seine armen Musenkinder in einer Weise hin, daß er, wie Penn so treffend bemerkt, aus den mannhaften, kräftigen Liedern Kastratentriller schuf. Und doch waren dieselben nichts anderes, als der poetische Aufschrei einer in ihrem Tiefsten erschütterten Dichterseele, die zwischen Furcht und Hoffnung schwankend Beides verloren hatte und nun in des Daseins höchstem Elende, aber zu spät, Hoffnung und Furcht zurückersehnte.

FRANCE PREŠEREN

(1800–1849)

Sem dolgo upal / **Hab lang gehofft**

Sem dolgo upal in se bal,
Hab lang gehofft und bang verzagt,
slovó sem upu, strahu dal;
hab Hoffnung, Furcht Lebwohl gesagt;
srcé je prazno, srečno ni,
das Herz ist leer, es kennt kein Glück,
nazaj si up in strah želi.
wünscht Hoffnung sich und Furcht zurück.

MIHA KASTELIC

(1796–1868)

Literarische Anzeige

Das erste Heft der vaterländischen Zeitschrift unter dem Titel: *Krajnska Žbeliza*, 6 1/2 Bogen stark, auf Schreibpapier, mit einem gefärbten Umschlage versehen, hat bereits die Presse verlassen, und ist beim Buchbinder Herrn *Johann Klemens*, beim Herrn *Paternolli*, wie auch bei dem Unterzeichneten um 20 kr. zu haben.

Bei dieser Gelegenheit werden zugleich die Freunde der krainischen Literatur, welche dieses Unternehmen mit Beiträgen, poetischen oder prosaischen Inhaltes, unterstützen wollen, ersucht, solche entweder an einen der Herren Mitarbeiter, oder aber an den Gefertigten ehestens gefälligst einzusenden, um solche noch in das zweite Heft aufnehmen zu können.

Laibach am 4. May 1830. *Michael Kasteliz*,
k. k. Lycealbibliothek-Scriptor.

ADALBERT JOSEPH KRICKEL

(1791–1847)

Der Himmel führte mich ins Wirtshaus

Am 7. November 1828.

Treffen. Weg bis Weichselburg.

Von Neustadt geht es immer bergauf, theils durch rauhe wilde Gegenden, theils über Anhöhen, mit dem Anblick in kleine schöne Thäler. Die Straße geht hier manchmal über 900 Fuß hohe Gebirge, mit der Ansicht auf andere Berge und Hügel, auf deren Spitzen schöne, nette Kirchlein thronen. Die Luft war heute schneidend kalt, so zwar, daß ichs in meiner leichten Kleidung nicht aushalten konnte. Bei Treffen nehmen die hohen Berge wieder ab. Dieser zerstreut liegende Ort hat ein Schloß, was das Stammhaus des ehemaligen Grafen von Treffen gewesen seyn soll. Der Weg nach Weichselburg ist durch die vielen Ortschaften, mit den vielen Kirchthürmen und den Schlössern und Kirchen auf den Bergen umher, wieder angenehm. Eine besondere Erwähnung verdient der Ort *Sittich*. In der Nähe trifft man in den Gebirgen viele Höhlen und Grotten an, welche Kalksteine enthalten. Eine Hauptmerkwürdigkeit aber von Sittich ist die besondere Fischart, die man in dem nahen Dorfe *Vir*, wie auch in allen unterirdischen Seen Krains findet. Die Krainer nennen ihn *želoves'ca riba* (menschlicher Fisch) wegen seiner fingerähnlichen Füße, und wegen seiner Fleischfarbe. Man sieht keine Augen, und dennoch flieht er das Tageslicht. Bei Tag ist er versteckt, bei Nacht schwimmt er umher, und kommt auch oft auf das Land heraus, seine Länge ist 10 bis 12 Zoll.

Die Meinung, daß dieses Thier nur die Larve eines großen, unbekannten, die vielen Kalkhöhlen Krains bewohnenden Thieres sey, weil die Füsse desselben nicht in Harmonie mit seiner übrigen Organisation stehen, und weil es ohne dieselben ganz Fisch wäre, ist eine unstatthafte. Der *Proteus anquinus,* dieses Naturwunder, ist ein vollkommenes Thier besonderer Gattung. Dieselbe unendliche Allmacht und Weisheit, welche das Kamehl, und den Strauß für die Wüste Afrikas ausgerüstet, den Wallfisch für die Polarmeere, das Seepferd und den weißen Bären für das arctische Eis erschaffen hat, hat auch den *Proteus* den tiefen und finsteren Seen Illiriens gegeben, ein Thier, welchem die Gegenwart des Lichtes nicht wesentlich nothwendig ist, und welches in Luft und Wasser, auf der Oberfläche des Felsens oder in der Tiefe des Schlammes gleich fortlebt.

Am 9. November 1828.

Ankunft in Laibach.

Das Wetter war heute wieder sehr kalt. Es wehte der *Bora,* welcher mir, da ich ohne Handschuhe war, die Hände aufgeschwollen machte. Von Weichselburg ging es immer höher und höher, über ein Hochgebirg, durch Waldungen und Gestrippe, endlich wieder bergab. Der starke Nebel entriß mir manchen lieblichen

Gegenstand. Überrascht war ich, als ich in den Vorstädten von Laibach, endlich in der Stadt selbst anlangte, die netten, reinlichen Häuser sah, und bei diesem Unwetter, wo Schnee und Regen abwechselten, kaum meine Stiefel kothig machte. Der Himmel führte mich ins Wirthshaus zum Hirschen, zu einer Witwe, wo ich zwar nicht das Abendmahl, aber das Nachtlager wohlfeil bezahlte.

Am 10. November 1828.

Laibachs Merkwürdigkeiten.

Das schlechte Wetter dauerte fort, ich sah kaum vor Nebel aus meinem Fenster den Schloßberg. Da Nachmittag es leidentlicher wurde, besah ich einige einzelne Theile der Stadt. Der Fluß *Laibach* fließt mitten durch die Stadt. Eine Brücke mit Kramladen besetzt, und andere kleinere führen über diesen Fluß. Gegen die Domkirche zu, ist an derselben eine Allee, welche die verliebten Spaziergänger die Seufzerallee nennen. Der schönste Platz ist der Kapuziner-Platz, welcher seinen Namen von dem ehemaligen Kloster hat, und die Stadt von der Vorstadt gleichen Namens trennt. Auf demselben ist das Theater, ein Caffehhaus, die schöne Sternallee, und die wegen ihrer schönen Architektur ausgezeichnete Frauenkirche mit dem Ursulinenkloster. An die Kapuzinervorstadt stößt nun gleich die Stadt, ohne durch eine Mauer getrennt zu seyn. In der schönen Herrngasse findet man schöne Gebäude und den Pallast Se. Excellenz des Gouverneurs. An die Herrngasse stößt der Neumarkt, ein kleiner Platz, mit dem prächtigen Landhaus, und mehreren herrschaftlichen Gebäuden sammt der

Polizeidirektion. Hier führt auch unweit die sogenannte Schusterbrücke, in die Platzgasse, wo man die schönsten Häuser der Stadt erblickt. Nach italienischer Art gebaut, mit einer Vorhalle ist das Rathhaus. Vor diesem steht ein schöner Brunnen im Jahre 1700 errichtet, mit einer 36 Fuß hohen Pyramide, und vier kolossalen Figuren, welche meisterhaft von dem berühmten italienischen Baumeister Franz *Robbe** ausgearbeitet wurden. Aus verschiedenen Öffnungen springt das reinste und beste Wasser hervor. Einige Schritte hinauf und man steht an der Domkirche. Sie wurde vor Alters her, dem heiligen Nikolaus zu Ehren, von Fischern erbaut. Im Jahre 1386 brannte sie ab, wurde wieder erbaut, aber erst im Jahre 1706 erhielt sie diese Gestalt, welche sie für jeden Reisenden sehenswerth macht. Ganz nach italienischem Geschmack erbaut, mit zwei schönen Thürmen versehen, ist sie von Innen groß, schön verziert, hat eine brav gemalte Kuppel, und ist mit einer prachtvollen Orgel versehen.

Den Plafond hat der Künstler Julius *Qualeus* verfertigt. Meisterhaft ist der Plafond in der Sakristey von eben diesem Künstler ausgeführt. (...)

Am 13. November 1828.

Bibliothek. Angenehme Bekanntschaft.

Des andern Tages kam ich abermals in die Bibliothek, um den Saal und das Museum zu beschauen. Das Erste, was ich bemerkte, war die außerordentliche Reinlichkeit. Aus netten Schränken bestand der

---

* Francesco Robba

erste große Saal, wo in den zierlichen Kästen eine Menge von seltenen Mineralien sich befand, und unter welchen keine geringe Anzahl aus den vielen Bergen, Höhlen und Grotten Krains war. Die hier in dem Gläserschranke befindlichen Bücher waren meist botanischen und mineralogischen Inhalts. Das Werk Hacquets über Krain verdient hier eine besondere Erwähnung. Von hier kommt man nun in den 52 Schritt langen Büchersaal, wo es Manuscripte, Handschriften und Kupferwerke genug gibt, und die hier Studierenden zu ihrer Vervollkommung alles mögliche Gute und Schöne finden. Auch sah ich hier das Gerippe von einem Kriegsschiffe, dann noch zwei Kriegsschiffe künstlich gemacht, und so groß, daß jedermann sich einen deutlichen Begriff von so einem Koloß machen konnte. Das eine Kriegsschiff war vier einen halben Schuh lang, und beinahe zwei breit, das Andere war etwas kleiner. Wenn Gott will, werde ich ein solches bald in natura sehen.

Der Tag war heute für mich sehr glücklich. Se. Excellenz der Gouverneur hatten mich nicht allein mit einem freundlichen Schreiben beehrt, sondern, mit dem *Scriptor Castelliz* trat ich in nähere Bekanntschaft. Wir gingen Abends mitsammen, ich wollte ihn einladen mit mir zu ziehen, allein er kam mir zuvor, und ich war sein Gast. Wir brachten den Abend sehr vergnügt zu, die Fröhlichkeit ward vermehrt, als der Maler Langius und Herr von *Lodenig* in unsere Gesellschaft kamen. So blieb ich denn seit langer Zeit wieder etwas später auf, schlief aber für dießmal nicht in meinem verdrüßlichen Wirthshause, sondern bei meinem neuen Freunde *Castelliz.*

FRANCE PREŠEREN

(1800–1849)

An Stanko Vraz

Laibach am 19. Juli 1838.

Lieber Freund!
Ich und Kastelic bedanken uns für den schon längst überschickten Erlös aus den verkauften Čebelicen und Kerstexemplaren, so wie ich und Smole für die beiden Exemplare der Kolarischen Wechselseitigkeit. Zum Beweise, dass ich wenigstens den materiellen Teil derselben aufgefasst habe, überschicke ich Dir 6 Exemplare des Kerst zur beliebigen Verfügung mit dem Bedauern, dass ich mit keiner in Ljubljana erschienenen Novitaet aufwarten kann. Emil Korytko, einer der beiden hieher relegierten Polen, beabsichtiget ein Bändchen Volkslieder in unserer Muttersprache herauszugeben, und hat das Manuskript bereits der Zensur vorgelegt. Die Landesstelle hat es dem hierlandes als grössten Rigorosisten bekannten Canonicus Pavšek, ehemaligen Professor der Philosophie, zur Prüfung zugewiesen, woraus ich den vielleicht voreiligen Schluss ziehe, dass man dieses Unternehmen zu hintertreiben beabsichtiget. Die Lieder sind, so wie sie ihm eingeliefert worden sind, ohne Korrektur aufgenommen worden; doch dürfte bei einigen wenigen schon früher eine unberufene Verbesserung id e. Verunstaltung vorgenommen worden sein. Namentlich werden die od lepe Vide, od

Rošlina in ihrer besseren ursprünglichen Gestalt erscheinen. Korytko sammelt übrigens unsere Volkstrachten, und Notizen über Sitten und Gebräuche unseres Vaterlandes. Er hat sich an den Herrn Dr. Ljud. Gai verwendet um so die Volkslieder mit den čechisch-ilyrischen Letern drucken zu lassen, allein eine ziemlich rätselhafte Antwort erhalten. Es ist ihm bedeutet worden, dass die Dr. Gaische Offizin nur unter der Voraussetzung den Druck zu übernehmen bereit wäre, wenn die Lieder eine rein illyrische, nicht *krainische* Tendenz haben sollten, was mir fast unverständlich ist, indem sich Tradizionen vergangener Zeiten nach meiner Ansicht keine Tendenz der Gegenwart unterschieben, auch die Sprache des Volksliedes nicht ändern lässt, ohne dieselben wesentlich zu umstalten. Es hat den Anschein, als ob es dem Dr. Gai und andern slawischen Literatoren mit der Idee Ernst wäre, dass die slowenische und ilyrisch servische Sprache in eine verschmolzen werden sollten, oder vielmehr dass der slowenische Dialekt als Schriftsprache aufhören, und hinfüro nur mehr der servische geschrieben werden sollte. Ich bin von der Unausführbarkeit dieser Idee subjektiv überzeugt, habe doch bis nun dieselbe auf keine Art bekämpft, auch ist mir sonst jemand in Krain bekannt, der diesem Unternehmen entgegen gearbeitet hätte. Meines Wissens ist seit dem Erscheinen der Ilirska Danica gar kein profan literärisches Produkt in krainischer Sprache erschienen; daher auch jener Tendenz nicht einmal indirekt entgegen gearbeitet worden ist, daher mich der Ausdruck »krainische Separatisten«, dessen sich H. Dr. Gai in seinem Briefe an Korytko bedient hat, etwas befremdet. Ich werde wahrscheinlich meine Deiner und der Ansicht der H. H. Kolar und Schaffarik entgegengesetzte Meinung in der Zeitschrift »Ost und West« natürlich in Ausdrücken, die den Verdiensten dieser gefeierten Slawisten nicht im Mindesten nahe treten sollen, zur Sprache bringen, falls mich nicht jemand Anderer dieser Arbeit überheben sollte. Dass in Laibach eine deutsche Carniolia seit dem 1. Mai d. J. erscheint, wird Dir bekannt sein. Mich hält man obwohl mit Unrecht für einen Gegner derselben. Der Redakteur, Herr Leopold Kordesch, ein wegen dreimaliger Deserzion entlassener Feldwebel, ist um die Bewilligung eingeschritten, auch eine krainische politische Zeitung (Kranjske novice) mit einem literarischen Beiblatte unter dem Titel »Zora« heraus geben zu dürfen. Das hiesige Gubernium soll sich einratend diesfalls an die Polizei Zens. Hofstelle verwendet haben. Er und seine bisherigen Mitarbeiter haben bis nun schwerlich insgesammt eine Seite krainisch, oder *illyrisch* geschrieben; jedoch wollen wir eher das Resultat abwarten, bis wir uns über das Gelingen oder Misslingen, über die Tendenz und Ausführung ihres Vorhabens aussprechen. Sollte nur die geringste Hoffnung vorhanden sein, dass sie der slowenischen Literatur einen Vorschub leisten dürften, so wollen wir sie nach Möglichkeit unterstützen. –

Ich grüsse Dich recht herzlich und verharre
Dein aufrichtiger Freund

Dr. Prešérn (in sichtlicher Eile).

IVAN STOPAR

(* 1929)

Ein feierliches Konzert

In den Jahren 1845/46 wurde das Theatergebäude gründlich renoviert, 1867 erwarb darin nach der Gründung des Dramatischen Vereines auch das slowenische Wort sein Heimatrecht. 1887 war das Theater abgebrannt, es wurde dann 1891 nach Entwürfen A. Wagners und V. Treos in der heutigen Erscheinung wiederaufgebaut. Sein neuer Besitz war der Philharmoniker Verein, der die Brandstätte gekauft hatte, das neue Gebäude bekam aber den deutschen Namen Tonhalle. Schon nach außen hin hob sie ihre Repräsentativität hervor, ihren Konzertsaal schmückte der damals in Ljubljana hochgeschätzte Maler H. Wettach mit den Allegorien der vier Sinfoniesätze. Die slowenischen Theatervorstellungen wurden hier bis zum darauffolgenden Jahr gegeben, als man in Gradišče das neue Theater fertiggestellt hatte, die heutige Oper.

Die Vorgängerin der heutigen Slowenischen Philharmonie, die im Jahre 1701 gegründete Academia Philharmonicorum, gastierte von Anfang an zeitweise im Landestheater. Diese älteste slowenische Kulturinstitution, die bald schon ihr 300jähriges Jubiläum begehen wird – allerdings unterbrach sie in den Jahren von 1769 bis 1794 ihre Tätigkeit und taufte sich dann in den Philharmoniker Verein um –, genoß großes Ansehen. Unter den Ehrenmitgliedern waren auch Komponisten von solchem Renommée wie Joseph

Haydn, Ludwig van Beethoven und Johannes Brahms, bedeutende Interpreten wie der Violonist Paganini und andere; Ende des Jahrhunderts, in den Jahren 1881/82, war dort Gustav Mahler als Dirigent tätig. Als einer der glänzendsten Augenblicke in der langjährigen Geschichte dieser Institution wird der Tag angesehen, an dem man für die Teilnehmer des Kongresses der Hl. Allianz, die sich 1821 in Ljubljana versammelt hatten, ein feierliches Konzert gab. Diesem wohnten nicht nur gekrönte Häupter bei, sondern sogar Lady Hamilton in eigener Person.

ANTON MARTIN SLOMŠEK

(1800–1862)

In Laibach ist es etwas Unerhörtes, einen Geistlichen im Theater zu sehen

Am Abend ging ich ins Theater, obgleich es in Laibach etwas Unerhörtes ist, einen Geistlichen im Theater zu sehen. Das Merkwürdigste, was ich im ganzen Theater bemerkte, ist, daß nur 2 Priester darin waren, und noch diese waren Lavanter. Auch ich wurde bald bemerkt. Der bekannte krainische Dichter, Dr. Prešern schlich sich herbei, grüßte mich recht herzlich mit dem Beisatze: »Er werde es nächstens dem Domherrn P....k [= Pavšek] erzählen, den Klagenfurter Spiritual im Theater gesehen zu haben. *Victoria!*« Er begleitete mich auf mein Gasthaus zum Nachtmahl und beehrte mich zum Abschied mit einer beißenden Satyre, als den Verfasser des, wie es scheint, ihm nicht angenehmen *Devištvo* (...).

Am anderen Tage wurde ich vom Domherrn P. auf Mittag geladen, der für Laibach ein zweiter Vinzenz de Paul ist. Ich speiste in Gesellschaft des Herrn M., Professors der slovenischen Sprache und wurde doppelt tractirt: *allopatisch* mit einer vortrefflich besetzten Tafel, *homöopatisch* mit einem Strom von Anpreisungen dieser herrlichen Heilmethode. Wäre ich nicht bei meiner Gesundheit gegen alle Heilarten so kalt und gleichgültig, so hätten mich richtig die beiden Herren homöopatisch geredet.

EDWARD SAMHABER

(1846–1927)

Prešeren und Čop

Man zählte 1813, dasselbe Jahr, in welchem ein Sturm der Begeisterung durch Europa zog und Alt und Jung und Arm und Reich sich zu dem heiligen Kreuzzug rüstete, den der gewaltige Kaiser auf französischem Throne heraufbeschworen hatte. Um diese Zeit zog ein bescheidenes Bauernbürschchen im Alter von 13 Jahren dem alten Aemona zu, in seinem Kopf das nur dürftige Rüstzeug damaliger Volksschulbildung, aber ausgestattet mit dem besten Erbtheil, dessen der künftige Studiosus bedürftig war, mit einem leichtempfänglichen, lebhaften Geiste, warmen Herzen und reinen Gemüth. Noch giengen die vaterländischen Lieder der deutschen Sangesgenossen an dem künftigen Freiheitssänger des slovenischen Volkes unbemerkt vorüber; er hatte ja noch die Schulbücher unter dem Arme und mußte lernen und Brod verdienen. Das Schicksal, das Hunderte solcher Studentlein, aus welchen hohe Diener des Staates und der Kirche geworden sind, durchmachen mußten, blieb auch Preširen nicht erspart. Er mußte in die harte Nuß beißen und Lectionen geben, doch schüttelte er das alles von sich, wie den Staub von den Füßen. Den reichlichsten Ersatz boten ihm Schule und Lehrer. Letztere, Namen von gutem Klange, haben es wohl verstanden, den jugendlichen Geist zu fesseln und anzuregen. Auch für ihn wurde Homer ein Jungbrunnen, aus dem man immer und immer wieder schöpft bis in den Spätherbst des Lebens. So an den Alten und ihren rein menschlichen Werken sich schulend, hatte er auch die Gegenwart nicht vergessen und sich dem Studium der deutschen, vor allem aber der Muttersprache und ihrer Verwandten liebend geweiht. Der arme Junge muß wenig Mußestunden für sich erobert haben, aber hatte er sie, so gehörten dieselben der reizenden Gegend von Laibach an, auf deren Wiesen und Waldhöhen noch heute an sonnigen Ferialtagen die lateinischen Jünger umherstreifen, *ala alae* declinirend oder buntfarbige Falter haschend, mitunter auch im lauschigen Waldversteck verbotene Wolken ringelnd und von künftigen Thaten träumend. Dazu das erste Ideal einer Jugendfreundschaft, die dem Dichter mit dem um wenige Jahre älteren Chop, wer kennt nicht den Sprachgewaltigen des Landes, ersprossen war. War das ein Jubel, wenn die Schule geschlossen wurde und es nun mit dem Zeugnisse Nr. 2 in die Heimat gieng! Mochten nicht wenig stolz auf den Jungen sein, der da hinter dem Kirchlein des heil. Marcus im Grase lag, in ein lateinisches Büchlein vertieft oder im Anblick der nahen Felsen verloren, und wenn dann Chop in das verlassene Dörflein kam, was gab es da nicht zu erzählen am grünen Saume der Saviza oder im dämmernden Waldgrund oder auf luftiger Berghöh' stunden- und stundenlang! Auch die Zeit verrauschte. Das Gymnasium lag hinter ihm, die Hochschule öffnete die Pforte.

ANASTASIUS GRÜN

(1806–1876)

An Preširen

Er war mein Lehrer einst!

Aus dumpfen Hallen
Entführt' er mich zu Tiburs Musenfeste,
Zum Wunderstrand, wo Maro's Helden wallen,
Zur Laube, wo der Tejer Trauben preßte,
Zum Cap Sigeums, dran die Wogen prallen
Wie Waffentosen, bis zu Priams Veste;
Sein Geisterschiff trug keine Flagg' am Ständer,
Nicht blaurothweiß', nicht schwarzrothgoldne Bänder.

Wir sah'n der Griechen Freiheit Todesbette,
Wir sah'n im Blachfeld Rom und Hellas ringen,
Den Sieger dann, sich schmückend mit der Kette,
Um des Besiegten Haupt den Lorber schlingen,
Den Kriegspfeil sinkend vor des Marmors Glätte,
Vom Hauch der mildern Sitte morsch die Klingen!
Im Glanz zerbrochner Römerschwerter gleiten
Mir Spiegelbilder spät'rer Kampfeszeiten.

Auf dieses Todten Herz, das nie gewittert,
Geleuchtet nur, leg' ich die Hände gerne;
Die Weltenseele quillt, vom Markt zersplittert,
Ins Dichterherz zu ruhigem, klarem Kerne,
Das Licht, das rings verirrt in Funken zittert,
Im Dichterherzen sammelt sich's zum Sterne;
Wenn Haß das Volk hinaus zum Streit getrieben,
Vergräbt's, wie Gold, ins Dichterherz sein Lieben.

EMIL KORYTKO

(1813–1839)

Den Schönen Laibachs

Wohl herrlich ist die Gegend ringsum, wohin ich schau,
Bezaubernd strahlt, o Laibach! ob dir des Himmels
Blau,
Doch schöner als der Himmel, ist deiner Mädchen
Gesicht
Und heller als die Sterne glänzt ihrer Augen Licht.

Vormals stand ich versunken in deiner Sonne Glanz
Und blickte wonnetrunken hin auf der Berge Kranz;
In ihren Augen find' ich nun all die Herrlichkeit,
Könnt' ich hinein doch schauen in alle Ewigkeit!

Der Sonne gleicht, die ringsum die Strahlensaat
ausstreut,
Belebt, erquickt, weckt Blüten, Tod und Verderben beut:
Ihr gleichet ihrer Augen umher gesäeter Strahl,
Belebt, erquickt, weckt Liebe und bietet Todesqual!

Doch vor den schönen Augen, geb' ich den Lippen den
Preis,
Wie glänzt die Schnur Korallen im Teint so blendend
weiss.
Seh' ich sie, so denk' ich, der seligste Genuss
Wär' alle sie zu küssen mit einem einzigen Kuss!

Beginnen sie zu sprechen, o welche Melodie!
In jedem Ton und Worte! was Süsseres hört' ich nie;
Wenn eine dann »ich liebe« mit sanftem Erröten spricht,
Verklärt sie sich zum Engel, so hold wie ihr Gesicht!

Euch junge Herren Laibachs! beneide ich fürwahr
Um ihrer Lippen Lächeln, den Blick so mild, so klar,
Und um die Küsse, die ihr auf ihre Lippen drückt,
Und um das Wort: »ich liebe«, das euch allein beglückt!

Nicht glaub' ich, dass die Augen so sternenhell
entbrannt,
Der Liebe stillen Zauber bis nun noch nicht gekannt;

Nicht glaub' ich, dass die Lippen, die Gott zum Küssen schuf,
Bis nun noch nicht erfüllet den himmlischen Beruf!

Zu lieben alle Schönen kam mir nie in den Sinn,
Und überall geliebt sein, schien sonst mir kein Gewinn!
Zum Schmetterlinge ward ich, seitdem *ihr* mich entflammt,
Ihr holden Blüten Laibachs! ich lieb' euch insgesammt!

FRANCE PREŠEREN

(1800–1849)

Für Emil Korytko

Der Mensch muss untergehen;
Die Menschheit bleibt, fortan
Wird mit ihr das bestehen,
Was er für sie getan! –

JOŽE JAVORŠEK

(1920–1990)

Sechster Kreis: Geliebte des Himmels und des Glücks

Es ist vollkommen verständlich, wenn es in einer Stadt, die so lange unter Fremden und unter unterschiedlichsten fremden Moraleinflüssen gelebt hat, so viele Menschen mit Minderwertigkeitskomplexen gibt. Offenkundig ist aber auch, daß jeder Minderwertigkeitskomplex auch sein Gegenstück in sich trägt: die Megalomanie. Laibach wird häufig geschmäht, es sei eine Stadt der Knechte und werde eine Stadt der Knechte bleiben; bei dieser Schmähung vergißt man aber, daß es in Laibach die besten Handwerker der Welt, ja des Balkans gibt, daß man nirgends sonst solche Krautköpfe zieht wie in Trnovo, daß Salzburg zwar Ähnlichkeit mit Laibach hat, ihm aber bei weitem nicht das Wasser reichen kann, daß die Laibacher Schneider mindestens so gut sind wie die Pariser, daß Laibach – mit Prešerens Worten – die »Geliebte des Himmels und des Glücks« ist und, wie Cankar versichert, eine »Entschädigung für schwere Stunden«. Diese beiden Gegensätze lassen sich auch in der geistigen Sphäre beobachten, denn in Laibach gibt es eine Menge Leute, die unsäglich gebildet sind und sich der Stille verschrieben haben, die Meister des Gedankens sind und es ablehnen, sich öffentlich zur Schau zu stellen, die wahre Künstler sind, aber sich nicht zu erkennen geben. Ihr Widerpart sind jene

Kohorten von Megalomanen, die sich in den Kaffeehäusern und Privatwohnungen herumtreiben und sich selbst höher schätzen als beispielsweise abgeklärte Literarhistoriker die Großen der Weltliteratur. Ein zeitgenössischer Laibacher Schriftsteller meinte einmal zu einem, dem er einen Wechsel unterschrieben hatte, ganz ohne Ironie: »Bewahren Sie meine Unterschrift gut auf, in hundert Jahren werden Ihre Nachkommen hunderttausend Golddinare dafür bekommen.« Und einmal brach ein Dichter, der auf dem Fischteich im Tivoli einen Kahn bestiegen hatte, in den Ruf aus: »Li-Tai-Po ist ein armes Würstchen gegen mich!« und stürzte sich auf der Jagd nach der Sonne ins Wasser. O sancta simplicitas!

IVAN PRIJATELJ

(1875–1937)

Hier lebte dieses literarische Proletariat

Ich besuchte ihn in der alten Cukrarna in seiner Wohnung, das ist in jener Kammer, aus der – man kann es sagen – unsere jüngste Literatur hervorgegangen ist. Die Kammer ist wie eine Kiste. Zu ihr gelangt man durch die Dunkelheit, und gerade vor der Tür führt eine Treppe hinunter, daß man über sie fällt. Die Kammer hat ein Fenster, aber so hoch, daß nur der Kopf die ersten Scheiben erreicht. Deswegen fühlt man sich mit dem übrigen Teil des Körpers noch mehr in einer Kiste. Ich weiß nicht, wie dieses Zimmer jetzt aussieht, aber ich kann es mir nicht anders vorstellen als mit einem langen Militärtisch mitten auf dem zernagten Boden, mit Büchern überladen, zu denen sich in aller Ruhe verschiedene Pfeifen, Tabakschachteln, Kragen und Halsbinden und obendrein noch ein Schälchen mit den Resten vom gestrigen Abendbrot gesellten. Wenn man sich das eine oder andere dieser Bücher oder jener in den Regalen anschaut, dann findet man auf diesem den Namen von Cankar, auf jenem den von Kette, Župančič oder Murn. Sie haben hier nie zusammen gewohnt, doch alle kamen hierher, als wären sie hier zu Hause gewesen. Und anderes brachten sie nicht mit und ließen nichts hier als Bücher, ihr einziges Vermögen, Bücher größtenteils von Reclams Verlag, aber nur die besten. Hier lebte dieses literarische Proletariat, obgleich Gott weiß nicht sehr zufrieden mit diesem Quartier. Aber wer von hier fortging, mußte zurückkehren. Kette blieb in Triest im Krankenhaus liegen, aber er stand auf, machte sich auf den Weg und kam in diese Kammer, um zu – sterben. Auch der kranke Aleksandrov wanderte umher, der Krankheit trotzend, aber schließlich trennte er sich vom Wanderstab und legte sich ins Bett, in dem sein Freund seine Seele ausgehaucht hatte.

VIDA JERAJ-HRIBAR

(1875–1932)

Abendsonate

In der Heimat vermißte ich über alles meinen Freund aus Kindertagen Ivan Cankar, der im Winter 1918, noch vor unserer Rückkehr, verstorben war. Als Kind hatte ich nicht bemerkt, daß er so sehr dem Trunk verfallen war ... Obwohl Kenner seine Werke schätzten, hörte ich unter den Kleinbürgern Ljubljanas häufig Hohn und Verachtung in Hinblick auf sein bohemehaftes Leben, was mich schmerzte und ärgerte. Die kleinbürgerliche Umgebung war anmaßend und nachtragend. Voll Bitterkeit erinnerte ich mich, wie in unserem Wiener Kreis jedes neue Werk Cankars zum Mittelpunkt des Interesses und der Diskussion wurde. Mein Vater ging abends nach der Vorstellung oft in das Gasthaus, in dem sich die Wiener Slowenen trafen und wo Cankar seine Texte las. Gewöhnlich setzte er sich ans Klavier und improvisierte zu Cankars Vortrag. Doch die Zeiten haben sich seither gewandelt, der Krieg hat unbarmherzig Kerben in die menschlichen Seelen geschlagen.

Vater versuchte in Ljubljana meiner Mutter und mir zu bieten, was er konnte. Für meine Mutter war diese Zeit etwas völlig Neues – ihre Wiener Freundinnen hatte sie mehr oder weniger verloren, Mittelpunkt ihres Lebens wurde die Musik. Im literarischen Bereich schuf sie in diesen Nachkriegsjahren mit Ausnahme von Kinderliedern eher wenig. Meine

Mutter und die Wiener Literaten trafen sich hin und wieder in dem bekannten Lokal »Pri kolovratu« am Mestni trg gegenüber der Domkirche. Hier verkehrten Finžgar, Dr. Prijatelj, Lojz Kraigher, Župančič, beide Kozaks, Tratnik, Dobida, Košak, Izidor Cankar, Ivan Pregelj, Josip Vidmar, manchmal auch Plečnik und andere. Župančič widmete meiner Mutter eines seiner Gedichte, weil er sich ein wenig in sie verliebt hatte, aber als er später heiratete, änderte er in dem Gedicht den Namen Vida durch Ana. Meine Mutter hatte dafür nur Verachtung übrig. Es erschien ihr ein Ausdruck der Mißachtung des Augenblicks und des momentanen Gefühls. Sie meinte, der Mensch habe zu jeder seiner Handlungen zu stehen.

JOŽE JAVORŠEK

(1920–1990)

Fünfter Kreis: Urbane Unordnung

Dann kommt diese schreckliche Triester Straße. Viel ehrlicher wäre es, wenn sie jeden Tag verdreckt und aufgerissen wäre wie seinerzeit, denn der Blick gibt zur rechten wie zur linken Seite lauter urbane Unordnung preis, wie sie nur eine zerwühlte pannonische Straße rechtfertigen würde. Deshalb errichtet sich das Auge rechts und links der Triester Straße riesige geometrische Gebäude aus billigstem Material, aus unlöslichem und unbrennbarem Pappmaché. Diese Bauwerke sind Kegel, Zylinder, Pyramiden, Quader, riesige Massen in Form von Dreiecken, Quadraten oder Rhomboiden, und diese billigen und doch phantastischen Kulissen verändern den Zugang zur Stadt Ljubljana. – Die Architekten müßten zuerst in die elfte Schule der Poesie unter der Brücke, erst dann dürften sie die großen Liebhaber der Mathematik werden.

Jenseits der Triester Straße stehen Gruppen neuer Wohngebäude, in ihrer Nähe verbergen sich alte Einfamilienhäuser, als Hauptgebäude aber hockt dort wie eine aus der Form geratene Glucke die Tabakfabrik, die aus welchen Gründen auch immer einen völlig verfehlten Eindruck macht. Das ist keine Kaserne, kein Kloster, kein Gymnasium; das ist ein Gebäude, das vom österreichisch-ungarischen Kaiserreich deshalb errichtet wurde, um Ljubljana mit einer mobilen Kohorte von Zigarettenarbeiterinnen zu beglücken. Unmittelbar hinter der Tabakfabrik schlägt die Triester Eisenbahnstrecke die Stadt wie ein Peitschenschlag in das Gesicht eines Unschuldigen.

Jenseits der Eisenbahn verläuft die kastanienbestandene Cesta v Rožno dolino, die Rosental-Straße, hinter der sich an der Kocen-, Štrekelj- und Rutar-Straße eine Gruppe in Gärten gebetteter Villen breitmacht. Und jetzt sind wir im Tivoli.

IZIDOR CANKAR

(1886–1958)

Ein Räubernest von Ehrenmännern

Und heute bringt mich Ljubljana um; nicht nur mich, sondern alle, die wir diese Stadt einst geliebt haben. Schier unbegreiflich ist mir, wie es kommt, daß wir alle wie in einem Sumpf versinken, sobald wir sie betreten, unbewußt und unmerklich hören wir auf zu denken – wir Jungen, die wir alles neu errichten wollten! – wir leben wie die Algen und bewegen uns, wie das Wasser wogt. Einige von uns heiraten aus Verzweiflung, andere heiraten aus Verzweiflung nicht. Wir sitzen in Kaffee- und Gasthäusern herum, respektieren die Älteren und schelten die Jugend. Völlige Übereinstimmung herrscht in unseren Gedanken, untereinander kennen wir uns nur zu gut. Mein Freund weiß genau, was wir in den Taschen haben, und noch besser, was wir nicht im Kopf haben. Die Götter wollen uns verderben und haben uns mit Allwissenheit geschlagen. Ich spreche über alles, und zwar sehr vernünftig (über die Naturwissenschaft am wenigsten, weil das mein Fach ist; darüber sprechen andere, die keine Naturwissenschaftler sind, und zwar sehr vernünftig). Ich halte populäre Vorträge und plane wissenschaftliche Organisationen. Die Jüngeren sagen, alles, was ich tue, sei wertlos, die Älteren meinen, es sei überflüssig, in Wirklichkeit arbeiten die Jüngeren noch schlechter und die Älteren überhaupt nicht, ich kenne mich nicht mehr aus.

Siehst du, so ist Ljubljana, eine Stadt von gesunder Luft und verpesteter Atmosphäre; von der Luft werden wir dicker, mit der Atmosphäre betäuben wir unsere Gedanken. So ist Ljubljana, ein Räubernest von Ehrenmännern, eine Hauptstadt vertriebener Könige, die auf fremde Rechnung und von der eigenen Zufriedenheit leben, eine Stadt von Zuhältern ohne Dirnen und der Liebe für alles Verlogene, Schlechte und Häßliche. Wie sehen uns »Nora« im Theater an, weil wir glauben, es spiele im Irrenhaus; in Ausstellungen gehen wir, um uns selbst zur Schau zu stellen; Župančičs »Selbstgespräche« verstehen wir noch heute nicht, wir wissen aber, daß Župančič keine Staatserfahrung hat, daß er seinen Vater geschlachtet, gebraten und gegessen hat und daß er überhaupt ein großer Dichter ist; auch was Finžgar betrifft, sind wir uns im klaren, daß er unser bester Romancier ist, wenn er nur einen Zelluloidkragen trüge, und wozu haben wir eigentlich eine eigene Zeitung, wenn sich niemand um seinen Keller kümmert, wo er schon seit sieben Jahren drei Frauen eingemauert hat? Ach, hol mich der Teufel, ich muß es geradeheraus sagen, sonst wirst sogar du mich noch falsch verstehen: eine Stadt, die stets lächelt, wenn sie verleumdet, und stets verleumdet, wenn sie lächelt; ein Marktplatz der Feigheit, ein Schandstein der Offenherzigkeit, ein Olympia der Heuchelei, eine Achillesferse ohne Achilles.

JANKO KOS

(* 1931)

Joyce. Der Zug hielt in einer unbekannten Stadt

Und so lesen wir in der noch heute wichtigen ersten größeren Schilderung seines Lebens unter anderem auch von Ereignissen, die den jungen Schriftsteller gegen Ende des Jahres 1904 begleiteten, als er seine irische Heimat endgültig verließ und sich über die Schweiz nach Triest begab, wo ihm eine ganze Reihe von Jahren zu leben beschieden war, die für seine schriftstellerische Entwicklung und damit für die gesamte moderne europäische Literatur unerhört wichtig waren. Es war gegen Ende Oktober des erwähnten Jahres, als der kaum zweiundzwanzigjährige Joyce mit seiner jungen Frau Nora in ein Land kam, über das er vielleicht ebenso wenig wußte wie über ein ebenso fremdes nichteuropäisches Land. Der Zug hielt in einer unbekannten größeren Stadt, und das junge Ehepaar stieg in der festen Überzeugung, am Ziel zu sein, mit seinem bescheidenen Gepäck aus; auf der Straße vor dem Bahnhofsgebäude, das so aussah wie jedes andere österreichische Gebäude dieser Art, sagte man ihnen, sie seien in Ljubljana, oder wie es in der Stadt offiziell hieß: Laibach; aber der Zug war inzwischen schon Richtung Triest weitergefahren, es war Abend, und die nächste Verbindung gab es erst am nächsten Morgen. Das junge Paar war mittellos, und so suchten sie Zuflucht in einem nahegelegenen Garten, schauten zu den Sternen empor, ringsum war eine wundervolle Herbstnacht, und sie waren glücklich.

EDVARD KOCBEK

(1904–1981)

Nur wenige Kilometer bis Ljubljana, zu unserer heiligen Stadt

1. November 1942

Es nieselt, es nieselt. Niedrige Nebel haben sich auf das Becken gesenkt, das zwischen Sv. Katarina, Toško čelo, Rožnik und den Bergen über Dobrova liegt. Eine finstere Zeit, wie ich sie tagsüber schon lange nicht mehr kenne. Trotzdem ist in uns alles irgendwie mit einer Festtagsstimmung verbunden. Wir sind gutmütig gestimmt, wie Kinder, wenn die Herbstlandschaft von einem regnerischen Gefühl eingenommen wird.

Tonček bringt uns Bücher. Einige hat Fajfar beim Bataillon bekommen. Ich halte Tolstojs Auferstehung in den Händen. Aufs neue lese ich ihn, ich weiß nicht, nach wie vielen Jahren. Die Lektüre erfüllt mich mit Ungeduld, die weder der Regen noch der Rat zähmen können, wir sollen uns nicht zu weit vom Bunker entfernen. Es trägt mich den Hügel empor, Vidmar kommt mir nach. Ich gelange zu der Höhe über der Straße, die von Dobrova Richtung Podutik führt. Vor mir ahne ich die Šiška-Höhe. Nur wenige Kilometer bis Ljubljana, zu unserem Jerusalem, zu unserer heiligen Stadt.

Ich blicke durch den waldigen Berg hindurch, der mir Ljubljana verbirgt. Dann lehne ich mich an einen Baum und lese. Ich beuge den Kopf über das Buch, damit der Regen es mir nicht benäßt. Ich lese mit besonderer Hingabe, aber zwischen die Zeilen drängt sich mein Bewußtsein, daß die Welt gespalten ist, daß sie durch und durch zerspalten ist, daß eine neue Zeit begonnen hat, daß sie sich schneller entwickelt als die Menschen und daß uns eines schönen Tages ein so großer Unterschied überraschen wird, daß er uns erwürgen wird.

KAJETAN KOVIČ

(* 1931)

Der Ozean

Verwunschene Städte liegen
unter dem Meeresspiegel.
Straßen und Gassen, von Königen
ihren Königinnen geschenkt.
Hunderjährige Buchen
säumen sie
in der lautlosen, gläsernen
Stille.

Die alten Häuser stehen leer.
Reglos trauern sie
in schwarzen Hainen.
Nur bei Tagesanbruch will es scheinen,
als wiegten sich in ihnen
Doppelschatten
wie heimwehgeplagte
Puppen.
Am anderen Ufer
erzittert ein versunkener Berg,
als galoppierten
über die Zugbrücken alter Festen
immer noch die Rösser
unangemeldeter Gäste.
In der Kirche scheint
am Abend vor der Fastenzeit
aus dem Altarbild
das verhüllte Licht
des unzugänglichen Paradieses.
Die Nacht tritt
kalt und lang
in den Olivenhain,
und es droht
die Winterzeit,
eifersüchtig
auf nackte Sommer.
Herbstheiden glüht
knapp unter der Oberfläche.
Die Flut kommt.
Der Ozean wächst.

JOŽE JAVORŠEK

(1920–1990)

Vierter Kreis: Erbarmen!

Ljubljana! Wie verschieden sind seine Gesichter! Wie ist es so wild! So attraktiv! So lieb! So geheimnisvoll! Als die Italiener einmarschierten, wußten sie zuerst nicht, wohin sie gekommen waren, aber schon bald wiederholten sie einander diesen schrecklichen Satz: *Lasciate ogni speranza voi ch'entrate!* Der Verlust des Vertrauens aber bedeutet das Ende des Lebens. – Deshalb Erbarmen auch mit den Italienern, die in Ljubljana gefallen sind! Warum denn nicht?

Obwohl das italienische Militärgericht bei der II. Armee zwischen dem 16. November 1941 und dem 31. Dezember 1942 4.587 Anklagen gegen 6.707 Slowenen abgehandelt hat,

obwohl dasselbe Gericht 69 Todesurteile und 239 lebenslange Kerkerstrafen und für die übrigen Gefängnisstrafen zu je 30 Jahre verhängt hat,

obwohl dasselbe Gericht bis zum 8. September 1943 8.737 Prozesse gegen 13.186 Slowenen angestrengt hat,

obwohl es 83 Todesurteile und 412 lebenslange Kerkerstrafen ausgesprochen und über 3.082 Verurteilte bis zu 30 Jahren Haft verhängt hat, was insgesamt 25.000 Jahre ausmacht,

obwohl sie Geiseln erschossen haben, und zwar 21 an der Dolenjska cesta, 87 in der Kiesgrube, 24 in der Ciril-Metod-Straße, obwohl sie ganz Ljubljana eingezäunt und in 14 Abschnitte geteilt haben, wo jeden Tag Menschen auf Lastwagen verfrachtet und ihren Konfidenten vorgeführt wurden,

obwohl sie zwischen dem 24. Juni und dem 1. Juli 1942 20.435 Männer ergriffen und 2.858 von ihnen sofort in Konzentrationslager gebracht haben,

obwohl sie über 6.000 Laibacher in Gonars, Visec, Monigo, Padua, Mantua, Castel Franco, Renicci und auf Rab interniert haben.

Erbarmen mit den Italienern, Erbarmen! Mit welcher Scham in der Seele haben sie im September 1943 das stolze Laibach verlassen! Erbarmen! Mögen ihnen trotz allem immer die trauten Sterne leuchten!

JOSIP VIDMAR

(1895–1992)

Was tun für unser Schicksal, was tun für unsere Existenz?

Obwohl mein gesamter Freundeskreis in Ljubljana geblieben war, verspürte ich plötzlich in diesen beengenden, schicksalsschweren Stunden voll drohender Spannung etwas, was alle unsere Gefühle in Anspruch nahm, was uns gegen unseren Willen beherrschte. Schließlich wurde mir mit Bestimmtheit klar, daß mir vor allem die Genossen Kommunisten fehlten, besonders jetzt, da ich über unsere Zukunft grübelte und rätselte, darüber, was zu tun sei in einer Situation, in die wir angesichts der Zerstückelung Jugoslawiens und Sloweniens gestürzt worden waren. Ich war irgendwie verloren, und meine Gedanken führten weder zu einer klaren Zukunftsvorstellung noch zu irgendeinem Entschluß. Sie, so sagte ich mir, wissen den richtigen Weg, sie werden sagen, was zu tun ist. Sie werden uns sagen, was der Ehre und den Lebensinteressen der Slowenen entspricht. Einen solchen Wegweiser erwartete ich mir tatsächlich von niemand anderem als von ihnen. Und als die Genossen zurückzukehren begannen, legte sich die Unruhe in mir und machte dem Gefühl einer relativen Sicherheit Platz.

Endlich meldete sich am letzten Samstag dieses schicksalhaften Aprils Genosse Kidrič bei mir. Er erklärte mir, daß er bei mir bleiben werde, weil ihm innerhalb angemessener konspirativer Abstände noch andere Genossen folgen werden, mit denen wir ein wichtiges Problem zu besprechen haben. Und tatsächlich erschienen in Ein-Stunden-Abständen einer nach dem anderen: Dr. Aleš Bebler, Boris Ziherl, Jože Rus, Tone Fajfar, Dr. Franz Šturm, Fran Albrecht und Ferdo Kozak, kurz dieselbe Gesellschaft, die schon als Vorbereitungsorgan des »Vereins der Freunde der Sowjetunion« fungiert hatte. Das war jene Zusammenkunft, die heute jeder Slowene als Gründung der Befreiungsfront kennt. Sie wurde schon oft beschrieben, deshalb beschränke ich mich hier auf das Wesentliche und darauf, was zu dieser persönlichen Erzählung über meinen Weg zur Politik zählt. Die Einführung hielt Boris Kidrič. Er beschrieb die Situation, die durch den Einmarsch der feindlichen Truppen und durch die Kapitulation Jugoslawiens und dessen Zerstückelung entstanden war. Darauf kam er sofort zur zentralen Frage, die vor allem uns Slowenen unter den Fingern brannte: was tun für unser Schicksal, was tun für unsere Existenz? Im Prinzip schlug er all das vor, was später als Programm der Befreiungsfront formuliert wurde, d. h. die Gründung einer Verteidigungsorganisation, deren Zweck vor allem der Kampf um die Befreiung und die Vereinigung aller Slowenen sein sollte, gleichzeitig aber auch der Kampf um die soziale Revolution. Die Organisation hätte sich nach dem damaligen Vorschlag noch Antifaschistische Front des slowenischen Volkes nennen sollen, ihre wesentlichste Aufgabe aber hätte die Organisierung und Leitung des bewaffneten Kampfes gegen den Okkupator sein sollen, der sofort begonnen werden sollte. Partisanentum.

Wie ich auch alles akzeptierte, was Kidrič erklärte und vorschlug, muß ich doch zugeben, daß ich angesichts seines abschließenden Vorschlages über den sofortigen bewaffneten Widerstand bestürzt war und ganz einfach erschrak. Ich wurde von Kleinmütigkeit erfaßt. Ist all das wirklich logisch und durchdacht? Das kleine slowenische Volk, und auf der anderen Seite der gewaltige Militärapparat dreier Okkupatoren. Die unbarmherzige Wahrheit. Doch mußte ich alle Für und Wider erwägen. Gut, wenn nicht Partisanentum, was dann? Eine Art illegale deklarative Organisation. Das kann nichts sein und hätte nur ins Nichts führen können, in den Sumpf dieses oder jenes Zusammenlebens mit dem Okkupator. Aber trotzdem ein solcher Partisanenkampf, in den die ganze Bevölkerung des Landes involviert werden mußte? Wie viele Opfer! Schon, aber ist nicht gerade diese fürchterliche Schuld auch das einzig wirksame Mittel zur endgültigen Erweckung eines klaren Nationalbewußtseins unter den Slowenen? Jede Geschichte, jede Befreiung fordert leider Blut, nur mittels des Blutes werden wir geläutert und befreit. Und wieder, allein der Polizeiapparat des italienischen und deutschen Faschismus, genügen sie nicht zu unserer endgültigen Vernichtung? Ein unbestimmbares Risiko, aber ist nicht dieses Risiko eine einzigartige Gelegenheit zur Befreiung aller Slowenen, und nicht nur das, sondern auch zur gleichzeitigen Durchführung der sozialen Revolution, der sozialen Befreiung? Der Beginn einer völlig neuen Ära in unserer Geschichte? Opfer wird es geben, vielleicht wir selbst die ersten. Und eben das rechtfertigt unseren Entschluß, den später ein italienischer Journalist als geistlose Frechheit bezeichnet hat.

So ungefähr war mein innerer Dialog und das Gespräch von uns Kulturarbeitern bei dieser historischen Sitzung mit Genossen Kidrič. Das Resultat war die vollständige Akzeptierung seines Vorschlages: Gründung einer Verteidigungsorganisation, die den sofortigen bewaffneten Widerstand vorbereiten und leiten soll. Der Beschluß wurde im Namen des slowenischen Volkes gefaßt, dem er darauf in harter Wirklichkeit zur Gutheißung vorgeschlagen wurde. Das Volk hat ihn gutgeheißen.

So fand ich mich in der Führung der Antifaschistischen Front, die sich knapp zwei Monate später in

Befreiungsfront des slowenischen Volkes umbenannte. Ich war in der Führung einer Organisation, die sich in wenigen Monaten zu einer gesamtnationalen Befreiungsbewegung entwickelte, zu einer einzigartigen Erscheinung in unserer gesamten Geschichte. Das war eine Verpflichtung, angesichts derer alles Persönliche wegfallen mußte, alles, was nicht mit ihr in Zusammenhang stand, mußte in den Hintergrund treten. Sogar die literarischen Interessen begannen in mir zu verblassen angesichts dieses hervorstehenden Brennpunktes unseres gesamten Lebens. Das Interesse an unserer großen Sache wuchs von Tag zu Tag, und wenn ich auch in meinem ganzen Leben nie ein Bewunderer und Anhänger der Disziplin war, verspürte ich jetzt die harte Solidarität, die diesen neuen Organismus verband, und die ungezwungene Notwendigkeit der völligen militärischen Disziplin. Von der Gründung der Front bis zum Mai 1942, als ich ins befreite Gebiet aufbrach, ließ ich nicht eine Sitzung des Exekutivausschusses aus, so unangenehm sie auch wegen der notwendigen Konspiration waren, und auch kein Plenum der Front, das diesbezüglich noch unangenehmer war. Und wie ich mein ganzes Leben hindurch Individualist gewesen war, d. h. ein gläubig Überzeugter von der Maßgeblichkeit der menschlichen Persönlichkeit, so bemerkte ich jetzt im Leben und Schicksal von fast allen von uns eine Kraft, die unmittelbar aus dem Kollektiv stammte, aus dem Gefühl der Zugehörigkeit zu unserer Gemeinschaft, die den Einzelnen eine Art neue, besondere Härte, ein widerstandsfähigeres Bewußtsein und größere Bereitschaft zu allem verlieh; hin und wieder verwandelte sie auch durch und durch unscheinbare Menschen auf wundersame Art in Helden, die nur mit ihrer Hilfe und nur in diesen historischen Augenblicken unter uns entstehen konnten.

Bei diesen Zusammenkünften und Sitzungen lernte ich politisch denken.

OTON ŽUPANČIČ

(1878–1949)

Unhörbar naht die Nacht

Unhörbar naht die Nacht;
Schweigen erfüllt ihr sacht
Steigendes Meer –
Herz, warum zitterst Du,
Wovor erbebst Du
Heute so sehr?

Sahst Du aus ferner Zeit
Dort in der Dunkelheit
Bilder erstehn?
Bist Du so ohne Ruh,
Weil wie ein Schatten Du
Zukunft gesehn?

Oder weil Stürme gehn,
Gräbern vorüberwehn,
Einsam und leer?

Hörtest Du Trauerklang,
Waisenkinds Klaggesang
Irgendwoher?

Unhörbar naht die Nacht;
Schweigen erfüllt mit Macht
Talgrund und Hang ...
Herz, warum zitterst Du,
Sage, was fürchtest Du –
Alles macht bang! ...

ILKA VAŠTE

(1891–1967)

Mit Bürgermeister Hribar in der Tramway

In der Straßenbahn sahen wir uns direkt aus der Nähe. Zwischen uns war kaum ein Meter Distanz. Hribar sah mich freundlich lächelnd mit seinen schönen großen blauen Augen an, ich konnte mich meiner Niedergeschlagenheit nicht erwehren, daß wir an jenem Tag wieder Sklaven geworden waren, wie wir es einst unter dem alten Österreich waren. Tränen schossen mir in die Augen. Der Neunzigjährige aber, der einstige Volksführer mir gegenüber, lächelte unaufhörlich!!!

Wie kann er an diesem Tag lächeln, dachte ich bei mir.

Und warum wendet er seinen freundlichen Blick nicht von mir? Kennt er mich? Zweimal war ich ihm zwar vorgestellt worden, aber schwerlich hatte er ein so gutes Gedächtnis, daß er sich eine unbedeutende Lehrerin und slowenische Schriftstellerin unter Hunderttausenden von Menschen gemerkt hätte, die ihm irgendwann einmal vorgestellt wurden ... Oder doch? Vor vier Jahren war mein »Roman über Prešeren« erschienen – hatte er ihn gelesen? Vielleicht hatte er meine Bilder in der Zeitung gesehen? Vielleicht war ich ihm ja doch damals im Gedächtnis haftengeblieben, als er auf mein Rebellentum mit einer Einladung zum Fest antwortete?

Ich wandte meinen Blick ab und wischte mir die Augen mit dem Taschentuch.

Als ich den ehrwürdigen Greis mir gegenüber wieder ansah, war sein Blick noch immer auf mich geheftet. Und – er lächelte, er lächelte freundschaftlich, verstehend, als läse und verstünde er die ganze Verzweiflung in meinem Gesicht, in meinen Tränen ... Und trotzdem lächelte er? Fühlte er, der große panslawische Kämpfer, nicht die Verzweiflung über unsere erneute Versklavung?

Sein unaufhörlich lächelndes Gesicht war mir ein Rätsel. Sah er denn nicht die schrecklichen Kämpfe und Opfer, die wir nun zu bringen haben für die neue Freiheit, wenn wir sie uns zurückerkämpfen wollen?

Vor der Post endete unser stummes Zwiegespräch mit den Augen. Hribar fuhr die damalige Prešernova ulica weiter, ich stieg um Richtung Šiška.

Gleich am Morgen des nächsten Tages löste eine erschütternde Nachricht das Rätsel: Ivan Hribar hatte Selbstmord begangen!

Jetzt verstand ich sein friedliches Lächeln, das mein verzweifeltes Gesicht gekost hatte: er war direkt dem Tod in die Arme gefahren, in dem er die einzige Retung vor der neuen Sklaverei sah …

IVAN HRIBAR

(1851–1941)

Abschiedsbrief

Nur Fremden wird des Glückes Licht künftig glühen.
Voller Hochmut werden sie die Köpfe tragen,
Fremde werden in Slowenien herrschen,
fremdes Wort, Gesetz des Fremden;
Nicht länger soll mich diese Wunde brennen,
Cato von Utica will ich nachfolgen. –
Denn:
Uns droht der Erdenschoß mit wen'ger Grauen
als Sklaventage unter heller Sonne.

Liebe Frau und Du, mir über alles teure Zlatica! Vergebt mir. Der Schlag ist zu hart, ich wanke. Der schwarze Verrat der Kroaten hat mich gedemütigt und zerstört. Wie schön und glücklich lebten wir in Jugoslawien zusammen! Unsere Macht und Geltung wuchsen. Unser politisches Ansehen und unsere Kultur gediehen. Unser wirtschaftlicher Fortschritt war zwar langsam, doch stetig. Und jetzt auf einmal ein solch unbeschreiblicher Bankrott!

Und dann dieser Verrat!

Der Genius des Slawentums lebt noch, und ich glaube fest, daß er diesen Verrat nicht ungestraft lassen wird. Mein hohes Alter läßt mir nicht die Hoffnung, daß ich es erlebe.

Deshalb verschmelze ich mit dem Universum, dessen unsäglich kleiner Teil ich bin.

Meine liebe Micika, mein ganzer Dank gilt Dir für Deine Liebe und die Sorge, die Du mit mir hattest, und die Geduld im Ertragen meiner Schwächen!

Du, meine über alles geliebte Zlatica, behalte mich in der Erinnerung Deines jungen Lebens als ein Wesen, das keine vollkommenere Liebe und Begeisterung kannte als die, eine solche, aller Liebe werte Tochter zu haben. Wenn Dich einmal an heißen Sommertagen ein leichter Windhauch kühlen und Deine weichen, unschuldigen Wangen kosen wird, dann denke Dir, daß gerade in diesem Lüftchen vielleicht ein zartes Kosen von mir kommt, mit der kosmischen Weltdynamik einer verwehten Seele.

Alles Glück und mein ganzer Segen sei ewig mit Euch und mit meinem ganzen, aufrichtig geliebten Volk!

Heil dem Slawentum! *Ivan Hribar*

18. 4. 1941

SREČKO KOSOVEL

(1904–1926)

schlafendes ljubljana

im roten chaos erscheint
eine neue menschheit, schlafendes ljubljana
sterbendes europa im roten licht
alle telephonleitungen sind unterbrochen
blindes pferd
(deine augen könnten von einem
italienischen gemälde stammen)
aus verrosteten wänden
erheben sich weisse türme
weltuntergang
europa steigt ins grab
wir stürmen es mit giftgasen
(deine lippen sind süss wie erdbeeren)
schlafendes ljubljana
der strassenbahnschaffner schläft
im kaffeehaus europa liest man
das slowenische volk
das klicken der billardkugeln

RUDI ŠELIGO

(* 1935)

Brot

(Ein Mann kehrt aus einem »Gulag« der Sowjetunion zurück ... Er findet sich in der Hauptstadt seiner Heimat wieder, die an diesem Tag den Jahrestag des Sieges ihrer Revolution feiert ... Benommen von Fahnen und Musik flüchtet er sich zu der ganz anderen Feier der »Verworfenen« am Fluß. Dort verliert er das Bewußtsein, Angehörige der Geheimpolizei bringen ihn später in ein Hotel, wo ihm ein Offizier gegenübertritt:)

– Statt wenigstens Dankbarkeit für unsere Bemühungen zu zeigen, wenn du schon keine Reue vermagst, statt dankbar zu sein, die Luft der Freiheit atmen zu dürfen, begeistert das stürmische Flattern der Fahnen des Jahrestages einzusaugen – was, ja was tust du!? ... Es genügt dir nicht, in den Strom der neuerwachten Massen einzutauchen, um in sie versunken den morgigen Festtag zu erwarten, den heiligen Jahrestag, sondern du suchst, bohrst, liegst auf der Lauer! Wie ein tolles Tier irrst du verloren durch Festgepränge und Blumendüfte, ohne daß sie dich berührten! Wie ein Blutegel heftest du deine Augen an alles Düstere und Graue, wühlst nach längst getilgten Gestalten, die die mächtige Welt der geeint begeisterten Massen in den Schmutz ziehen und entzweien könnten! ... So lange, bis ... dennoch! – deine gierigen Augen auf dem geschlossenen Lastwagen die weiße Aufschrift entdecken: HLEB!*

Und wenn du sie entdeckst, statt auch nur verstehen zu wollen, daß der Lolch auch auf dem Gottesacker wächst, daß wir hier und dort der verletzlichen Sensibilität der jungen Revolution ausgesetzt sind, an der sowohl dort wie hier die Kontras, die Lakaien des Weltimperialismus, nagen, flammt in deinen Eingeweiden wieder die heretische, individualistische Aschenglut auf, daß du begeistert, erschüttert über deine Entdeckung in den Malstrom der Höllenmächte stürzt, ins feindliche Gegenfest der finsteren Gespenster, kopfüber in die teuflischen Rituale jener, die die Niederlage niemals zugeben würden. Erst jetzt befriedigt, erst jetzt hungergestillt, beschmutzt mit dem Kot der Verworfenen, atmest du die verdammte Freude der Rückkehr! ... Dir liegt nichts an der Freiheit, du sehnst dich nach der Enthüllung ihrer Lüge! Wirklich, du hast dich nicht geändert, neun Jahre Umerziehung waren umsonst! ... Als du das Fahrzeug erblicktest, das tatsächlich auch bei uns zu ähnlichen Zwecken verwendet wird, hast du mit wilder Lust in den aufgeflammten Augen die Grenze zwischen den erleuchteten Avenuen aus Fahnen und Transparenten und dem Dämmer des Morasthanges, der zum Flußufer abfällt, überschritten. Im Morast, der in den verhängnisschwangeren Fluß hinabrutscht,

* Bekannt ist, daß in der Sowjetunion zum Transport politischer Häftlinge Lastwagen mit der Aufschrift HLEB (= BROT) verwendet wurden.

sahst du kleine Feuer, spärlich gesäte Buden, wie die Überreste des Festes dort oben. Aber die Lohen hier warfen kein Licht in die Haufen der Verworfenen, sie glosten nur, so daß die Schatten noch undurchdringlicher waren ... Du wurdest hungrig. (Kein Wunder, du hattest ja bisher noch keine Nahrung angerührt – selbst jene,. die wir dir seit deinem Grenzübertritt anboten, hast du abgelehnt!) Als hätte dich jener Lastwagen mit der Aufschrift HLEB an die wahre Nahrung erinnert, als hätte allein die wohlbekannte Kamouflage dir das Wasser im Mund zusammenlaufen lassen, hast du am ersten kleinen Brotofen einen großen, köstlichen Fladen gekauft. Mit ihm in Mund und Hand bist du zur Bude mit den Luftgewehren gestolpert, mit der zügellosen Zigeunerin hinter der Theke – ach, hätte wenigstens sie dich erregt, ach, es gab ja Hoffnung, daß du dich berauschen würdest am Honig des Lebens! – und den bunten Papierrosen an der Rückwand. Doch auf dieser Seite der Theke empfingen dich im violetten Halbdämmer schon die verworfenen, die feindlichen Gesichter, verschnürt in eine Hülle aus kaum verhohlener Wut bis hin zu den schwarzen Adern über den Backenknochen, über denen feucht in ungestillten Sichtkesseln angriffslustige Scheu und Angst wechselten. Du warst noch nicht einmal richtig zwischen sie getreten, als zwei kleine Gauner, Abkömmlinge des ewigen Gelichters, mit Händen in dich drangen: Gib, Onkel, gib, roter Fürst ... Und als du in die Tasche langtest, hatte dir der dritte von hinten schon den Wecken aus dem Mund gerissen und war mit ihm in die finster verschwörerische Nacht geflüchtet. Deine fettigen Hände strecktest du vor dich, mit hungrigen Drahtaugen suchtest du nach neuen Schatten, bis du über einen wimmelnden Haufen Körper stolpertest auf dem Boden zwischen zwei Buden, einen Haufen, aus dem das erschöpfte Stöhnen von Körpern dunstete und der Schlagstock der tätigen Hand eines Aufsichtsorgans zischte. (...)

Der hohe Offizier endete mit seinem Bericht am Fenster mit gegen die Scheibe erhobener Faust, als wollte er dort die Wahrheit seiner Worte anschlagen. Der Mann hinter dem Tisch, mit jetzt dunkelrot erblühter Narbe und atemlos, als hätte er selbst mit hastigen Schritten die Länge des Zimmers durchmessen – vom Fenster zur Tür und von der Tür zum Fenster – statt seiner, erhob sich wie in einem Gefühl auslaufender Zeit:

– Ich habe es gesehen, zufällig, dort hängt der Steilhang in den Abgrund, in den Grund des Flußbettes! ... Doch ich weiß, die wahren Ufer sind oben, in der erleuchteten Avenue aus Fahnen im Wind, roten Transparenten, die anderen Massen dort oben ...

– Ja, dort, dort oben! Dennoch sind deine Augen, deine Ohren, dein Herz für immer auf der anderen Seite!

– Ich wurde geopfert ... damit mein Blut, das Blut eines Herzens, das für die Sache lebte, sein Leben aushauchte für das große Werden ...

– Noch nicht! Du hast gefressen, du wolltest Glas fressen, dort verrecken, untergehen in den Wellen des Abschaums, damit die Siegesfeier wenigstens von deinem Tod überschattet würde!

Der nächtliche Gast brach in solches Gebrüll aus, daß unklar war, ob wegen des übervollen Maßes Wut, das durch den vorangegangenen konzentrierten und doch verhaltenen Bericht über den Verderbensweg jenes endgültig übergelaufen war, oder wegen der Qual der letzten ihm noch auferlegten Tat, wobei ein Aufschub nicht mehr möglich war. Er stöhnte auf und krümmte sich in der Mitte wie in einem plötzlichen ihn überkommenden Krampf, trat vom Fenster zurück und legte vornübergebeugt den Revolver auf den Tisch vor ihn. Erst jetzt konnte er sich aufrichten, erst jetzt sah er ihm nach diesem langen Besuch in die Augen und ging langsam hinaus.

Jener, der jetzt seine vorläufige Bleibe in diesem hellweißen Fremdenzimmer haben sollte, blieb schwer atmend hinter der polierten Tischplatte sitzen und gebannt vom Anblick der beiden Pistolen – der oberen, geladen mit der ganzen nächtlichen Realität, und der unteren im spiegelnden Widerschein, wie im Widerschein der Wasserfläche eines stillen Flusses, in den die Realität erst hineinkroch.

Lange dauerte das jetzt keuchende und aufgeregte, jetzt abnehmende und beruhigte Atmen in die fremde Nacht, so daß Kerzen – gäbe es welche in den Lüstern an den Wänden – schon längst verloschen wären ... Nach und nach erloschen selbst die weißglühenden Drähte in den Augen, die Augäpfel schwammen in der Flüssigkeit ihrer eigenen Entropie ... als er plötzlich vom Stuhl auffuhr, zur Tür stürzte und hinaus auf den Gang, die Arme von sich gestreckt wie ein Mondsüchtiger oder Halbblinder, dringend und hastig, als wäre jener eben erst gegangen und er könnte ihn zumindest mit dem Sinn seiner Worte, wenn schon nicht mit der Stimme, erreichen, die ausgerichtete Zeitgerade krümmen und dann das fallende Ende der Kurve – dieser verbogenen Kreislinie – an sich ziehen, an seine Brust, an die Bedeutung der unterbrochenen Aufschreie: – An den Kampf denke ich, den das Proletariat führen muß auf der ganzen Welt ... jeder Schritt vorwärts ist gezeichnet mit unserem Blut ... Unser, nicht des Feindes Blut muß sich über die Mauern des großen Gebäudes ergießen, will es aufleben in lebendigem Pulsen ... Das Blut des Feindes ist unrein, das höchste Herz dieses Pulsens kann nicht leben von ihm, von Unrat und Verworfenheit! ... Ich rufe und verkünde, dankbar für die Erleuchtung, die mir auferlegt wurde in den Jahren der Nacht, gerissen aus der Kette der Erinnerung, rufe – nur wenn das Blut der Erbauer und Hohenpriester an die Ufer der einzigen Wahrheit brandet, nur wenn das schwere Blut der Erde ins Himmelsblau spritzt, in die Reinheit und erlösende Unbeflecktheit unseres Gebäudes, wird dort das wahre Paradies erblühen! ... Ich weiß, in Demut, in Strafe und in Dankbarkeit für die Strafe, die mich ereilt hat – die Tatsachen, die sichtbaren Ereignisse der Geschichte sind nur der Abfall am Ufer des großen Flusses des Lebens! Das sind zerbrochene Spiegel, Scherben, Glasstaub, den das feindliche Gelichter verschlingt, um mit seiner Selbstvernichtung die Existenz der neunköpfigen Hydra im Gebäude der Träume der gesamten Menschheit zu beweisen! Und solange wir, seine Erbauer, noch am Leben sind, bleibt dieser Schein Wirklichkeit ... Ich weiß, jetzt ist es offenbar geworden, erst aus der zerrissenen Kette der Erinnerung, die sich vom Abholz der irdischen Tatsachen nährte, ich weiß, anders kann es gar nicht sein, denn die Erinnerung bewahrt in ihren Aufzeichnungen das Allerheiligste nicht! …

Anderntags zogen Karpfenfischer am frühen Festtagsmorgen aus dem breiten und fauligen Flußbett der Donau fast schon unter der Stadtmauer mit langen Haken seine bereits aufgedunsene Leiche an Land. Ein Haken hatte sich an dem dicken, noch kaum gelockerten Strick verfangen, mit welchem dem Ertrunkenen die Handgelenke fest auf den Rücken gebunden waren.

CIRIL ZLOBEC

(* 1925)

Slowenisches Sonett

Schuldig sind wir alle, wer aber soll das Urteil sprechen?
Alle haben wir unsere Aussage gemacht.
Alle haben wir einander verhört.
Mitschuldige Brüder, laßt uns jetzt die Untersuchung abbrechen!

Polypheme sind wir alle, verblendet, geblendet,
die jetzt blindwütig den Schuldigen jagen
und voller Hohn einander anklagen,
weil unser Gedächtnis so kurz: NIEMAND ist es gewesen!
Ein NIEMAND war auch der weise Odysseus –

mit diesem Schimpfwort ging er, ein Bettler, hinaus
in die Kälte,
um sich, verstört und allein, in die Fremde zu
verkaufen ...
Wir aber kehren in die Höhle zurück,
ohne zu fürchten und ohne zu hoffen.
Nur den Eingang lassen wir offen –
zum Atemholen.

JOŽE UDOVIĆ

(1912–1986)

Und trotzdem

Und trotzdem verwirf nichts.
Überall verbergen sich Zeichen,
sieh hinter die zerfressene Mauer, hinter die Holzwand,
hinter das alte Bild, in den Krug ohne Wasser,
hinter die Tür der Einsamkeit, in das zerstörte Heim,
unter den Aschenhaufen, unter den toten Körper des
Feuers,
hinter die Scheu, hinter das Weinen und hinter die
Schuld,
unter die verhärtete Handfläche, unter die Wurzel der
Wörter,
unter den Stein, in die Wunde, in die bebende Angst,
auf die verlassenen Wiesen, hinter den einsamen
Busch –

irgendwo ist noch unbekannte Zuflucht verborgen,
ein weicher Schoß aus Gefieder und Gedichten,
aus weichselfarbenem Moos und Atem,
hier entsteht
neue Gegenwärtigkeit.

JOŽE JAVORŠEK

(1920–1990)

Dritter Kreis: Jedes Umherwandern hat seine besondere Dekoration

Wer über den Golovec irrt, wird belohnt. Jedes Umherwandern, besonders im Vorfrühling, Vorsommer oder Vorherbst, hat seine besondere Dekoration. Kein Tag gleicht dem anderen, denn wenn auch die Bäume immer gleich grün oder gleich nadelig sind, ist doch der Himmel, dieser größte Maler, anders gewillt. Und so jagen sich in diesem Grau der Stämme die Farben auf die üppig gespreizten Zweigwipfel, und wenn sie dort hängen wie bunte Lappen, verändern sie sich von morgens bis abends, um nicht zu sagen, von Frühling bis Herbst, die bekanntlich Morgen und Abend des Sommers sind. – Oh, wie sind die Farne, diese einzigen Zeugen der Urgeschichte, doch hartnäckig! Im Frühjahr drängen sie in die Luft wie Zöpfe, die ein Perückenmacher für seine Kunstwerke geflochten hat, dann falten sie sich auf im Überfluß der

Sonne, nicht wie Bärte, sondern wie Puterschwänze. Im Sommer saugen sie sich so voll Grün, daß sie beim geringsten Windhauch kaum noch auf den Beinen stehen und unablässig schwanken wie betrunken, doch dann verbirgt sie die Nacht, die wirklich keine Scham mag. Im Herbst trocknen sie mit unter den letzten Gewächsen, und wenn das Laub schon fault, wenn die Brombeeren und andere hohen Gräser faulen, denken sie noch nicht einmal im Traum daran. Sie färben den Boden des herbstlichen Waldes hellbraun, eine Farbe, die die größte Freude für die Kühe im Stall ist. O ihr Farne! Wie oft habt ihr schon die Frage des Lagers gelöst, und wie oft habt ihr mit eurem Samen schon taube Ohren geöffnet, daß sie vernahmen, was sie sonst nie vernommen hätten. O ihr Farne. Auch das Heidekraut ist eine kräftige Pflanze. Es gibt einfach nicht klein bei, und seien die Offensiven der unverschämten Jahreszeiten noch so stürmisch, immer ist es fest und schön, sei es wegen seines kurzgeschnittenen Grüns, sei es wegen der winzigen Blüten, die wie kleine Trompeten dicht bei dicht wachsen und manchmal den Wald in rosarote Farbe tauchen, als wäre er von der Abendsonne übergossen. O Heidekraut! Was wäre der Golovec ohne dich! Und was Ljubljana ohne stilles Klagen!

IVAN TAVČAR

(1851–1923)

Wir saßen im Schatten einer wilden Kastanie

Selig, wer in Zeiten des Zitterns
und Grauens noch die Kraft hat,
sich einstiger froher Tage zu erinnern.

Wir saßen im schönsten Garten von Laibach, im Schatten einer wilden Kastanie.

Frau Marica rückte mit weißer Hand das Geschirr zurecht und goß den Kaffee in die Schalen, daß der angenehme Duft bis unter die grünen Zweige emporströmte.

Auch Frau Mica wollte nicht untätig sein. Sie schnitt das weiße Brot in Scheiben und verteilte es symmetrisch über den Tisch hin. Dazwischen stellte Frau Dinca kleine Teller mit goldgelbem Honig und frischer Butter.

Bei dieser menschenfreundlichen Tätigkeit, die in erster Linie meiner Person galt, durchfuhr mich ein Gedanke – weiß der Himmel, woher er mir kam –, der für das liebliche Kleeblatt, als dessen Gast ich heute im schönsten Garten von Laibach weilte, recht wenig schmeichelhaft war.

Ich dachte bei mir:

Wie schön sind sie und wie herzerfreuend, und dennoch wette ich mein Leben, daß dieses liebe Dreigespann niemals jene große, allgewaltige Liebe kennengelernt hat, die nicht jedem gegeben wird und die, wenn es geschah, ihn so durchschüttelt, wie der Sturm die Bergwälder durchschüttelt.

In meiner Unvorsichtigkeit gab ich diesen meinen Gedanken Worte. Wie drei kleine Hummeln erhoben sich die Frauen und schwirrten um mich.

»Was, wir hätten unsere Männer nicht aus Liebe geheiratet?«

Sie fielen mich scharf an, besonders Frau Dinca:

»Ich hätte meinen Mann nicht aus Liebe genommen?«

Da packte mich die Bosheit:

»Meiner Ansicht nach hast du deinen Mann genommen, weil er alljährlich viele gute und teure Weine herstellt.«

Ich glaubte schon, mit ihrer zarten Hand in Berührung zu kommen, als Frau Marica dazwischenfuhr:

»Und ich habe den meinen genommen, weil er Zucker und Mehl en gros verkauft?«

»Und ich«, beeilte sich Frau Mica zu sagen, »den meinen, weil er Tuch und Leinen mit Gewinn verkauft?«

Keine wollte aufhören, auf mich einzudringen, und aus ihren Augen flammte ein Feuer, daß ich jetzt und jetzt eingeäschert zu werden vermeinte. Auf den Steineralpen begannen die Nebel hinter den Gipfeln hervorzusteigen.

»Das Wetter ändert sich«, bemerkte ich, um dem Gespräch eine andere Wendung zu geben.

Unisono: »Wir sind beleidigt!«

»Ihr seid ja nicht die einzigen, meine lieben Freundinnen, es gibt ja so viele euresgleichen. Die Zeit, sagen wir: die moderne Zeit, ist schon einmal so, daß die eheliche Liebe ein gar wichtiger Artikel ist, der um hohen Preis gekauft und verkauft wird. Was könnt ihr dafür? Ihr seid Opfer des Tages, der euch geboren hat. Doch wißt ihr selbst recht gut, daß heute Leander nicht über den Hellespont schwimmen würde, wenn er bei dem Mädchen nicht ein paar gewichtige Sparbücher vermutete. Auch ich kann nichts dafür, daß es so ist.«

»Verleumder, Bösewicht!«

Da setzte ich mich aufs hohe Roß:

»Was wißt ihr drei, was wissen eure Gefährtinnen, was weiß die moderne Frau von jener Liebe, die Leib und Seele durchbraust, die Seele und Leib vereint, die wie ein Gewitter ist, das da wer weiß woher kommt, die dich aufwühlt, dich niederschlägt, daß du dich davon nie mehr erholen kannst, und die du dennoch erleben willst, selbst um den Preis deines Lebens. Was wißt ihr von so einer Liebe?«

»Wir lieben unsere Männer!«

»Ja, solange sie imstande sind, Monat für Monat die Hunderter auf den Tisch zu legen. Wenn die Hunderter nicht wären und keine Kleider, keine Seide, mein Gott, wie viele Weiblein würden ihre Männer noch lieben?«

»Du mußt das recht gut wissen, denn du bist – verheiratet!«

Sie lachten bitter und spöttisch.

GREGOR STRNIŠA

(1930–1987)

Abendliches Märchen

Die Bäume öffnen ihre Stämme mit trockenem Knall,
dunkle Herzen, die verborgen in ihnen gewohnt,
beginnen zu schlagen mit fernem Trommelschall.
Graue Flechten herab vom gelben Mond.

Darauf erheben vom Boden sich große Steine
gleich riesigen grauen Spinnen, sie staken
im Kreise auf langen dünnen Beinen
und knabbern an der Pilzlinge schwammigen Backen.

Am andern Ende des Waldes im Dunkel der Häuser
schlafen in tiefen, niedrigen Gruben der Stuben
die Menschen gleich langen grauen Mäusen.
Große Katzen der Träume treiben mit ihnen ihr Spiel.

JANEZ MENART

(* 1929)

Aufbruch

Drei Bäume, hoch und schlank,
spießen ins Grau ihre Spitzen.
Wie Mücken auf einem Hahnenschwanz,

Vögel, müde vom Tanz,
auf ihnen sitzen.

Im trüben Licht der Sterne
lasen sie des Herbstes Gebot.
Aus eiliger nördlicher Ferne
marschiert der Wind mit Gebraus. – Heraus
aus den Nestern, heraus!
Das Laub schäumt schon golden und rot.

Frost, schweigsamer Kommandant,
zu Brigaden und Schwärmen sie reiht.
Mit Wölkchen, versengt am Rand,
wischt, wie mit Watteflocken,
die Sonne ihr Antlitz trocken.
Träge pflückt sich die Zeit
von den Bäumen goldnen Tand.

Stumm, in dunstiger Höh
hockt die schwarze Armee.
Erzittert, erhebt sich und flattert
kreischend zum Keil vergattert,
entschwindet dann und versinkt,
bis sie im Grau der Ferne ertrinkt.

JOŽE JAVORŠEK

(1920–1990)

Zweiter Kreis: Das Emporstreben liegt in ihrer Natur

Regen, Sturm, der fast waagrecht auf dich einprallt, Nebel. Wirklich schöne Architektur lebt erst dann, wenn sie bis zum äußersten demütig bleibt und die Elemente der Natur bis zum äußersten ins Wüten geraten. In diesem Augenblick sieht alles so aus, als wollte sich auch die Architektur von der Kette der Gravitation losreißen und gemeinsam mit dem Wind, gemeinsam mit den Blitzen herumtoben und in diesem Wüten gemeinsam mit dem Tränenwind zu nichts zerschellen. Regen, Sturm, Nacht, Morgen. Architekt Plečnik, der einzige Tibetaner und der einzig wahre Verrückte unter den Slowenen, hat mit Žale eine der schönsten, standhaftesten und zugleich tragischsten Dichtungen des slowenischen Geistes geschaffen. Regen, Sturm … Ungewöhnlich. Die Architektur risse sich gern von der Erde los, schwänge sich auf in die Höhen, und wenn auch nur bis zur niedrigsten Wolke. Das Emporstreben liegt in ihrer Natur. Sie möchte sich verwandeln. Und genaugenommen verwandelt sie sich auch mit jeder Windbö und jeder Handvoll Regen, der ihr unverschämt ins Gesicht klatscht. Žale – das ist eine der schönsten Dichtungen des slowenischen Geistes. Diese großstädtischen Aufbahrungshallen, wo die Toten wie Kastenbrote im Ofen liegen, diese wirklich seltsamen Gebilde, diese Fleischfabriken des Herrgotts beziehungsweise Aufnahmestationen himmlischer Stewardessen sind in Plečniks Kopf gänzlich verschmolzen; aus der Idee der Aufbahrungshallen hat er etwas vollkommen Slowenisches geschmiedet: einen Trauergarten, in dem unzählige Kapellen gewachsen sind. Kapellen aber sind ein Teil des slowenischen Kampfes gegen die Türken und die Pest, zugleich sind sie ein Teil der slowenischen Idylle, das heißt der slowenischen Ästhetik, die in der Armut gründet und deshalb Kapellen baut, weil es zu Kathedralen nicht reicht. Genau diese historisch-landschaftsgestalterische Idee der Kapellen verwandelt sich hier in eine besondere Ehrerbietung gegenüber den Toten, die in diesem Žale noch immer ihre Individualität bewahren, können sie sich doch immer noch ein letztes Hotelzimmer wählen oder diese Wahl anderen überlassen, jedenfalls aber braucht sich keiner hinten anzustellen beziehungsweise sich um die Bestattung zu drängeln.

JANI VIRK

(* 1962)

Sergij, der alte Rädelsführer der Dissidentenrotte

Sergij konnte sich am Abend im Wohnzimmer während der Fernsehnachrichten nicht zurückhalten. Er nahm einen Hausschuh vom Fuß und warf ihn gegen das Gerät. Er verfehlte es, traf aber die danebenstehende

Kristallvase, die zu Boden fiel und zerbrach. Das Klirren des Glases lockte Duška aus der Küche.

»Was ist passiert?« fragte sie und suchte mit den Augen die Unglücksstelle.

»Nichts«, sagte Sergij, »schau auf den Fernseher.«

Duška sah zum Bildschirm, wo sie an den Handbewegungen ihren ehemaligen Freund, Sergijs Mitstreiter aus schweren Zeiten, erkannte. Einige Zeit betrachtete sie ihn aufmerksam und fragte dann: »Ist er nicht voriges Jahr schon fast ganz grau gewesen?«

»Seit er Minister ist, färbt er sich die Haare, das wissen alle. Aber das ist es nicht, hör zu, wie er redet«, zischte Sergij durch die zusammengebissenen Zähne seiner Prothese.

»Nichts ist los mit ihm«, meinte Duška freimütig, »er redet wie alle anderen.«

»Genau das will ich dir ja sagen«, sagte Sergij mit eisiger Stimme und warf auch den zweiten Hausschuh nach dem Fernseher. Dmetrij, einst Hoffnungsträger der slowenischen Literatur, den die älteren Dissidenten einst als Junggenie angesehen hatten, jener Schriftsteller, der jahrelang als einer der besten Stilisten gegolten hatte, verströmte in der Haltung eines disziplinierten Staatsbeamten, an der nur das nervöse Armkreisen störte, via elektronisches Medium Sätze ohne Hand und Fuß in die Luft, die nicht nur nichts sagten, sondern auch nichts bedeuteten, eine Art Worteaufblasen, eine Art geplatzter Gedankenschlauch, eine klirrende Kette Unsinn. »Nicht nur, daß dieser Mensch sein literarisches Talent und seine Seele zugrunde gerichtet hat«, dachte Sergij aufgebracht, »jetzt fängt er auch noch an, seine Muttersprache zu vernichten, bewußt, aus selbstzerstörerischer Dummheit, wegen der er nicht anders auftreten will als die anderen Politiker, und deshalb verzapft er konfusen Unsinn, und es ist ihm schon so sehr in Fleisch und Blut übergegangen, daß er, auch wenn er es wollte, keine zwei, drei zusammenhängenden Sätze mehr hervorbrächte, die wirklich etwas hießen, ganz zu schweigen von Sätzen, in denen ein echter Gedanke steckte.« In seinen Socken glitt er nervös über das Parkett, fluchte und murmelte in sich hinein: »Das Slowenische ist ohnehin eine Sprache, die einen in die Fänge von Depression und Kleinkrämerei treibt; selbst wenn alles in Ordnung ist, kann man es kaum ertragen. Wenn es aber jemand bewußt oder fahrlässig entstellt, dann sind die Verwirrung und Absurdität vollkommen, und es ist das beste, die Bewohner dieses Landstrichs, wenn sie denn überhaupt überleben wollen und es nicht schon zu spät ist, was eigentlich eine Erlösung für alle wäre, fangen an, eine andere Sprache zu sprechen, Englisch, Suaheli oder Chinesisch, was auch immer, nur um sich aus dem zerrissenen Sprachnetz zu retten, das zusehends verrottet, durch das man, auch und vor allem dank verschiedener Dmetrijs, geradewegs in den Abgrund des Unsinns und der Ausweglosigkeit stürzt, in ein riesiges Ozonloch, wo Wort und Sinn im Handumdrehen zerfallen und man dann nur noch darüber nachdenken kann, wie man arbeiten, essen, für seine Libido sorgen oder sich umbringen soll.«

»Sieh ihn dir an«, sagte Sergij zu Duška, die die Unglücksstelle entdeckt hatte und die Scherben der Kristallvase geduldig aufeinanderhäufte, »früher dachte und redete er und kreiste dabei noch mit den

Armen, so daß es für alle gefährlich wurde, und heute gibt er nur noch unverständliche Silben von sich und fuchtelt herum, als wollte er in die Luft zeichnen, was er nicht sagen kann, als würde er ertrinken und wollte zurück an die Oberfläche schwimmen, obwohl er selbst glaubt, er wäre unverrückbar an der Oberfläche, er würde ein paar Meter über der Oberfläche schweben und aus den Lüften die Welt zu seinen Füßen betrachten. Dieser Mensch ist sofort krank geworden, sobald sich ihm die Gelegenheit dazu bot, Staatsbeamter zu werden, er schloß mit allen Büchern, die er in seinem Leben gelesen hatte, ab, vergaß absichtlich alles, damit niemand glauben sollte, er wolle ihn durch seine Belesenheit gefährden, er übernahm die eingefahrene Art, sich zu bewegen und zu reden, die in diesen Gegenden schon von jeher Brauch war; mit einemmal sah er aus wie ein schwermütiger Kerkermeister mit Verdauungsbeschwerden, wie ein geschniegelter Pfarrer, der nur darüber nachdenkt, wie er aus seinen Pfarrkindern möglichst viel Spenden herausschinden könnte, um sich ein neues Auto zu leisten. Sieh diesem Menschen doch nur in die Augen, die mit fünfundvierzig noch jungenhaft und unbändig aussahen, und jetzt sind sie stumpf und dumpf wie die Augen eines ausgestopften Auerhahns; dieser Mensch hat sich selbst umgebracht und fühlt sich offenbar noch prächtig dabei, sieh nur dieses schwachsinnige Lächeln um seinen Mund, er strahlt, als streichelten ihn Jungfrauen im mohammedanischen Himmel, er grinst nur, weil er wieder seine fünf Bildschirmminuten gekriegt hat, damit alle sehen, daß er, der ehemalige Schriftsteller und Dissident Dmetrij, auch ein wichtiger Politiker ist, nicht mehr und nicht weniger wichtig als jene, gegen die er jahrelang gekämpft hat, und nun ißt er aus einer Schüssel mit ihnen, sitzt in denselben Sesseln wie sie, fährt mit denselben Autos, geht mit seinen Geliebten in dieselbe diskrete Gaststätte einige Kilometer außerhalb von Laibach aus, und mehr oder weniger denkt er auch dieselben Gedanken wie sie.« Vom Parkett drang Kühle in seine Füße, er lüpfte seine Beine und legte sie mit einem Knall auf das Teetischchen. »Wie kann es überhaupt sein«, fuhr er fort, »daß dieser Mensch früher eine ganze Reihe geistvoller, mutiger und in jeder Hinsicht ziemlich vorzeigbarer Bücher verfaßt hat, wie ist es möglich, daß jemand bis zu seinem fünfundvierzigsten Lebensjahr ein völlig normaler Mensch und außerdem noch ein guter Schriftsteller ist, und plötzlich verdüstert sich sein Verstand, und er kann weder schreiben noch sprechen, sondern bringt nur noch ein paar zerrissene, unverständliche Wörter über den Staatshaushalt und das mangelnde Verständnis der Öffentlichkeit für die finanzielle Lage der Politiker heraus. Wenn irgend jemand, dann ist Dmetrij der Beweis dafür, daß die Seele nicht ewig lebt, daß sie nichts weiter ist als ein Talent, das mitten im Leben aus heiterem Himmel verkümmern und aus einem verdunsten kann wie der Schweiß, oder er ist zumindest der Beweis, daß die Seele auch mitten im Leben aus dem Menschen in den Himmel oder sonstwohin fahren kann.«

Sergij hörte Dmetrij nicht mehr zu, nostalgisch sah er zum Sessel am Kachelofen, in dem sein Freund Jahre und Aberjahre lang gesessen hatte, als er noch täglich zu Besuch gekommen war. Unzählige Male sannen sie ganze Abende und Nächte lang über philosophische Ideen, über die Kunst und die Politik nach. Die Ideen für ihre Gespräche gingen ihnen nie aus, und nie tat es ihnen leid um die Zeit, sie waren sozusagen ein ideales Paar: Sergij, der alte Rädelsführer der Dissidentenrotte, und Dmetrij, sein junger Schützling, dem so mancher ein geniales Talent nachsagte, der aber seinerseits immer Sergij den Vorrang einräumte. Dmetrij war der einzige, auf den sich Sergij bedingungslos verlassen konnte, und der einzige, von dem er überzeugt war, daß er sein Nachfolger werden könnte. Mit Bitterkeit dachte er daran, wie gedanken- und ahnungslos er geglaubt hatte, ihre Freundschaft würde ewig währen; er erinnerte sich genau, wie sie am Tag, an dem der Ausgang der ersten Wahlen bekannt wurde, die ganze Zeit zusammen im Wahlkampfstab der Opposition verbracht hatten und wie ihm Dmetrij in einem fort gesagt hatte *verdammt, wir haben gesiegt*, obwohl in Wirklichkeit nur er gewonnen und Sergij, wie man so sagt, das Nachsehen gehabt hatte, und wie er freimütig und ohne zu denken, es könnte etwas verkehrt sein, Dmetrijs *wir haben gesiegt* wiederholte, weil er dessen Wahlsieg tatsächlich als ihren gemeinsamen und auch seinen eigenen Sieg auffaßte und sich noch bei weitem nicht bewußt war, daß seine Wahlniederlage ein Fiasko war, ein Schlag, von dem er sich nie wieder erholen würde. Er erinnerte sich, wie Dmetrij sich noch an diesem Abend freundschaftlich von ihm verabschiedet, ihn umarmt und sich entschuldigt hatte, daß er am nächsten Tag nicht zu Besuch kommen werde, weil er herausfinden müsse, was es überhaupt heiße, Parlamentarier zu sein, und noch im Weggehen sagte *wahrscheinlich sehen wir uns übermorgen, ich komme vorbei*, dann aber weder zwei Tage später noch irgendwann sonst vorbeikam, und Sergij stellte erst nach einiger Zeit fest, daß der Mensch, der in seiner Wohnung sozusagen Monate und Jahre verbracht hatte, der Hektoliter seines Weins getrunken und gemeinsam mit ihm Dutzende Whiskyflaschen geleert hatte, der die ganze Zeit über auch mehr oder weniger bei Duška und ihm gegessen hatte, denn zuerst lebte er das unbequeme Leben eines Geschiedenen und heiratete dann eine Frau, die täglich mehrere Stunden auf ihre Schönheitspflege verwandte, so daß ihr keine Zeit zum Kochen blieb, daß dieser Mensch nun weder Speis noch Trank, weder Rat noch Freundschaft brauchte. Sergij griff nach der Fernbedienung und schaltete den Fernseher aus. Dmetrijs Gestalt wurde zunächst immer schmäler, erzitterte, als wollte sie um keinen Preis verschwinden, und wurde dann von der Finsternis verschluckt.

JOŽE JAVORŠEK

(1920–1990)

In meiner kafkaesken Stadt

In meiner kafkaesken Stadt gab es damals ein Amt von geradezu überragender Bedeutung: das Wohnungsamt. Gleich nach meiner Ankunft aus Paris, 1948, ließ ich mich in die Warteliste eintragen. Als ich nach meiner Haftentlassung hinging, bemerkte ich zu meiner größten Freude und Überraschung, daß mein Name auf der Liste ganz oben stand. Viereinhalb Jahre Wartezeit: die Arithmetik hatte mich an die Spitze befördert. Der Beamte schien meine Freude zu teilen und sagte mir, ich solle in zwei Tagen wiederkommen; die für die Wohnungsvergabe zuständige Sonderkommission würde bis dahin darüber entscheiden, welche Wohnung mir zustehe. In meiner Naivität bat ich ihn, die Kommission dahin gehend zu beeinflussen, daß man mir eine Wohnung mit Garten zugestehen möge (da ich ja meinen kleinen Buben hatte). Nicht allzu weit vom Stadtzentrum. (Ich besaß keinen Wagen und werde auch nie einen besitzen ...)

Die Kommission ging aufs genaueste auf meine Vorstellungen ein. Man teilte mir ein »Haus« zu, das beinahe im Stadtzentrum lag. Es befand sich in einem Hof mit zwei rachitischen Bäumen und ein paar wildwachsenden Blumen. Diese Behausung, für tollwütige Hunde bestimmt und das »Kurhotel« genannt, umfaßte zwei Räume: eine Küche mit zwei Fenstern und ein riesiges tempelartiges Schlafzimmer mit einer Luke im Dach. Das Ganze war feucht, schmutzig und düster.

Als ich mich beim Wohnungsamt beschwerte und erklärte, daß ich meinen kleinen Buben nicht in einer dermaßen ungesunden Umgebung unterbringen könne, zuckten die Beamten die Achseln. Sie hätten keinerlei Einfluß auf die Entscheidungen der Kommission. Es gab nur die Alternative: zugreifen oder bleibenlassen.

Ich hatte keine andere Wahl, als mich im Haus der tollwütigen Hunde einzurichten.

Eigentlich war es hier recht lustig und sogar poetisch. Das Bett der Prinzessin, das immer noch meiner harrte, wurde vorsichtig, wie ein historisches Objekt, hintransportiert und im Dunkel der Tempelcella aufgestellt. Oder auch im Salon, wenn Ihnen dieser Ausdruck besser zusagt. Alles, was ich mit dem Heimkehrerzug aus Paris mitgebracht hatte, lag unberührt bei meiner Schwägerin aufbewahrt. Was ich an persönlichen Sachen bei meinem Bruder hatte, war samt und sonders von der Polizei konfisziert worden. Dann stellte ich noch eine sehr schöne Holzstatue, einen Frauenakt, den mir Agamemnon Macris geschenkt hatte, in den Tempel. Ein schwacher Lichtschimmer, der durch die Dachluke direkt auf diese herrliche stumme Frau fiel, erfüllte den Raum mit einer mystischen Aura. Man kam sich wirklich wie in einem verwunschenen Tempel vor. Am Abend erschienen die Ratten (ich wußte bald, daß sie von einem großen Restaurant jenseits der Mauer herüberkamen), sie führten ebenso verrückte wie widerliche Tänze auf.

In der Küche gab es einen alten Herd, der hervorragend funktionierte. Vor das Fenster ließ ich den Schreibtisch stellen, den ich während der ersten Tage nach meiner Rückkehr aus Paris erstanden hatte. Daneben baute ich ein Bücherregal auf, in welchem ich eine große Anzahl meiner Bücher unterbrachte. Das Bett der Prinzessin änderte unaufhörlich seinen Standplatz. Je nach Bedarf wurde es hin und her geschoben. Bei Regen zog ich es in die Küche hinaus, wo mich ein riesiger Sonnenschirm gegen die durchsickernden Tropfen beschützte. Empfing ich Gäste, schob ich das Möbel in den Tempel zurück, zu den

Ratten, und überließ es der Aufsicht meiner magischen Göttin.

Da ich das Kurhotel mit seltsamen Gegenständen und veränderbaren Plastiken ausstattete, die man nach Belieben auseinandernehmen und zusammensetzen konnte, glich es bald einer surrealistischen Höhle von bizarrer Schönheit.

Auch das Leben, das ich dort führte, war bizarr. Von der Gesellschaft ausgestoßen, umgab ich mich (ohne es zu wollen) mit ehemaligen Häftlingen, politischen ebenso wie mit kriminellen. Der erste größere Geldbetrag, über den ich verfügen konnte, war mir von meinem treuen Tone geschenkt worden: er war in ein illegales Casino in der Unterwelt unserer Stadt gegangen, hatte dort ein kleines Vermögen gewonnen, und nun legte er es vor mir auf den Tisch. Meine Kriminellen taten sich in Küche und Keller um. Der Maurermeister Malec (der, der auf das Stalinporträt geschissen hatte) stellte fest, daß das Kurhotel irreparabel sei. Er versprach mir, ein anderes Haus für mich zu bauen. Die Kriminellen versorgten mich auch mit politischen Nachrichten und Neuigkeiten aus dem Leben der Randgruppen. Da sich das Kurhotel in einem geräumigen, nach allen Seiten hin abgegrenzten Hof befand, konnten wir jede Nacht feiern, ohne dabei irgend jemanden zu stören. Bald wurde es zum verruchtesten Ort unserer allzu christlichen, dem Ansehen nach allzu sozialistischen Stadt.

JANI VIRK

(* 1962)

Er nagte an ihren Ohren

Wortlos zog sie sich aus, stellte das Radio an und legte sich nackt auf das Bett. Sergij betrachtete sie schwankend, seine plumpen Finger verfehlten im Suff die Hemdknöpfe, er röchelte und fluchte und riß plötzlich mit einer ruckartigen Bewegung die Knöpfe vom Hemd, zog es aus, öffnete den Gürtel und ließ seine Hose hinunter. Er legte sich zu ihr, sein feister Leib mit den dicken Schwimmreifen bedeckte ihre knochigen Hüften, mit seinen groben Händen zwirbelte er ihre Brustwarzen, nagte an ihren Ohren, am Hals und den Schultern, röchelte wie ein Asthmatiker, wälzte sich auf sie, so daß sie aufstöhnte, faßte ihr Gesäß und versuchte in sie einzudringen, doch es ging nicht, und er spürte es zuerst überhaupt nicht. Er stützte sich auf seine Ellenbogen und sah an seinem Körper hinab; er sah nur die behaarten Reifen seiner Fleischmasse, die über der fremden, bleichen Frau hingen, die unter ihm lag, als würde es sie nicht im geringsten interessieren, was er tat. Sie blickte ihn mit ausdruckslosen, stumpfen Augen an, er begann ihr Gesicht und ihren Körper abzulecken, dann stieß er seine Nägel in ihr Gesäßfleisch und aus ihrem Mund drang ein dünner, leiser Laut. Sie stieß ihn von sich und wies ihn an, sich auf den Rücken zu legen, er wälzte sich herum, mit stumpfem, ergebenem, totem Gesicht suchte sie ihn dann selbst und wollte ihm helfen, doch es half nichts, er lag röchelnd auf dem Bett, seine gurgelnde Stimme mischte sich unter die nervösen, blechernen Techno-Töne, die aus dem Radio ins Zimmer schwappten. Die Mischung aus Alkohol und Geilheit, die er ausdünstete, schlug um in Ohnmacht und Zorn, plötzlich war ihm bewußt, daß er am Boden war. Irgendwo von oben sah er sich lächerlich röchelnd auf dem Bett einer Nutte liegen, er faßte die Frau an den Haaren, so daß sie aufstöhnte, und stieß sie von sich. Sie wich zurück und lehnte sich an die Wand, er hörte ihr leises, nervöses Lachen, ihr Mäuse-, ihr Rattengewimmer. Er setzte sich und zündete eine Zigarette an, unter dem müden Röcheln eines Greises vor dem Herzinfarkt entwanden sich seinem Mund Rauchwölkchen, Schweiß lief über seinen Leib, und Tropfen fielen dumpf aus seinem Bart auf das weiße Laken. Über seine Schulter sah er nach der Frau. Im milchigen Lichtschein, den die Straßenlampe durch das Fenster warf, lehnte sie an der Wand wie eine ausgemusterte Schaufensterpuppe während der Inventur, er starrte die leere Fläche ihrer Haut an, ihre großen Hängebrüste, ihren eingefallenen Bauch, ihre knochigen Hüften, die schief von ihrem Körper abstanden, das Dickicht zwischen ihren Schenkeln, glänzend von seinem Schweiß, von der fruchtlosen Anstrengung seines Leibes, der ihn verraten hatte und der nun begann, ihm durch Leberschmerzen und ein heuchlerisches, wimmelndes Kribbeln in der Herzgegend seinen Zustand ins Bewußtsein zu rufen. Noch vor ein paar Wochen, als er als Gast des Theaters, in dem er fast drei Jahrzehnte lang als Dramaturg gearbeitet hatte, ein Festival in Deutschland besuchte, hatte er keine Schwierigkeiten mit der jungen Schauspielerin gehabt, deren Großvater er hätte sein können und deren Kurzzeitliebhaber er geworden war, ihr Partner im Spiel Fleisch für Fleisch, jugendlich billiger Ehrgeiz für die Geschichte und die Bekanntschaften eines alten Mannes. Jetzt saß er auf dem Bett, geschlagen, erschöpft, am Rande seines Leibes, am Rande seines Todes, sein Brustkorb hob und senkte sich ruckartig, seine Körperhaare klebten unter den Schweißströmen an seiner Haut, und ihm wurde unangenehm kühl. Er stand auf, seine brennende Zigarette fiel ihm aus dem Mund auf den Boden und steckte einige Teppichfäden in Brand; mit seiner nackten Ferse trat er drauf und erstickte das Feuer. Während des Ankleidens suchte er mit den Augen die Damenhandtasche mit seinem Geld und seiner Uhr, doch er fand sie nicht, trat zum Schrank und öffnete ihn. Hinter sich hörte er das Geschrei der Frau, fing etwas auf, das *Polizei* hätte heißen können, drehte sich um und sah sie den Telefonhörer abnehmen, er schlug die Schranktür zu und trat zu ihr hin, doch sie hatte keine Angst vor ihm, sie rief den Empfang an und teilte auf slawisch, gemischt mit gebrochenem Englisch, mit, in ihrem Zimmer befinde sich ein betrunkener Halunke und sie brauche Hilfe. Sergij war drauf und dran, ihr eins auf den großen leeren, mit grellrotem Lippenstift nachgezogenen Mund zu geben, vor sein inneres Auge trat das Bild, wie ihr Kopf plötzlich gegen die Wand knallte und ihr ganzes Gesicht mit einemmal grellrot wurde, wie sie, eine Blutspur nach sich ziehend, die Wand hinabgleitet und zusammensackt, und er stellte sich die Schlagzeilen in der Presse des folgenden Tages vor: *Betrunkener Soziologieprofessor tötet Prostituierte, Der moralische Niedergang einer einstigen geistigen Führerfigur, Dramaturg inszeniert Tragödie, Das Opfer von einst – der Henker von heute, Auch Kulturschaffende morden, oder?, Eierkopf handelte kopflos*. Er stand röchelnd vor ihrem Bett, über seine hängende Unterlippe lief Speichel, in seinem Kopf drehte sich alles, die Welt drang in ihn wie ein aufgewühltes Meer und ließ ihn schwanken, so daß er sich kaum auf den Beinen halten konnte, in der Leber und in der Herzgegend spürte er einen brennenden Schmerz, er stieß einen Fluch aus und verließ das Zimmer. Er wankte durch den Flur und stieg unter Mühen über die Treppe zur Empfangshalle hinunter. Der Empfangschef sah den Mann, der ihm von irgendwoher bekannt vorkam, argwöhnisch und unfreundlich an und würgte ein *Gute Nacht* heraus, das eigentlich heißen sollte *besser für Sie, wenn Sie möglichst bald abhauen*, und Sergij verschwand zwischen den Spiegeln, die von beiden Seiten die wankende, gewaltige Masse seines Leibes vervielfachten, in die Nacht.

BERTRAM KARL STEINER

(* 1948)

Janusköpfige Gestalten

Vor wenigen Tagen erst mußte der Panzer der jugoslawischen Armee im Schilf neben der Straße nach Koper resigniert haben. In einer Stunde würden wir in der Wildnis eines winzigen Gartens über Piran sitzen und schwarzen Teran auf die Manen jenes geheimnisumwitterten Toten trinken, der uns zwei Jahre zuvor die Unabhängigkeit Sloweniens prophezeit hatte. Unter meinen slowenischen Freunden gibt es einige, die zusammenzucken, wenn sein Name fällt, sie mögen mir's (und ihm) nicht nachtragen: Es war mein Freund Jože Javoršek. Eine janushäuptige Gestalt zwischen der Brutalität der Politik und den Weihen der Dichtung, zwischen zentraleuropäischem Nihilismus und französischer clarté. Wir hatten uns auch um die wuchernden Stauden und Ranken, um ihre Population aus Eidechsen und Katzen im Garten des Verstorbenen gegrämt, als wir am 26. Juni 1991 im Fernsehen mit ansehen mußten, wie Panzerketten den dionysischen Jubel der Prešeren-Hymne überdröhnten.

Janusköpfig war Jože Javoršek gewesen wie sein genialer Intimfeind Edvard Kocbek, der Dichter zwischen Katholizität und Existentialismus, auch er versehrt von der Politik des Jahrhunderts. Seine noble Totenmaske schaute seinem Sohn, dem Graphiker, und mir zu, als wir in Ljubljana am »Kärntner Heimatbuch« arbeiteten.

Einen Januskopf trägt der Maler Zoran Mušič: Eines seiner Antlitze schaut nach Westen, in den Glanz der Hofhaltung des Präsidenten Mitterrand, wo er der wenigen einer war, die die Würde des Geistes im Dickicht der Politik vertraten. Das andere Antlitz kann sich nicht losreißen von den Totengebirgen, die sich einst in Dachau vor ihm auftürmten.

Und das Doppelgesicht des Malers Jože Tisnikar, der im profanen Leben in der Prosektur von Slovenj Gradec arbeitet, auch es blickt in den Tartarus, den die Griechen in den Höhlen von Postojna und Škocjan vermuteten, und umfaßt gleichzeitig die üppigen Kuppen der Südsteiermark.

Es sind durchwegs janusköpfige Gestalten, keine Feldherren, keine Herrscher, die sich mir aufdrängen, wenn von Slowenien die Rede ist, jenem Zwischenreich, dem vor fünf Jahren das gleichermaßen rare wie doppeldeutige Glück widerfahren ist, zum Staate zu werden. Ein Zwischenreich, wo sich krachledernes Steirertum mit Venedigs Sinnlichkeit vermischt, wo sich die verwehten Düfte des alten Orients in den brokatenen Brusttüchlein der Oberkrainerinnen halten. Ein heitereres Jerusalem als das Original befindet sich in seinen Gemarken und inmitten des ganzen das liebliche Ljubljana, die Erdbebenstadt der Drachen und der Nixen, verführerisch in ihrer Untergründigkeit, untergründig in ihrer Verführungskraft.

Was nicht heißen soll, daß sich nicht auch unter Sloweniens Territorium Kavernen erstrecken, angefüllt mit unerlöstem Totengebein. Auch Slowenien besitzt seine blinden Flecken, und die Bangigkeit, mit der Historie dieses Jahrhunderts zu Rande zu kommen, ist ihm nicht fremd. Als Nachbarn steht es mir nicht zu, in diese Bereiche einzudringen.

»Gefährliche Erinnerung« heißt das letzte Buch Jože Javoršeks. Doch nur wer sich der Erinnerung stellt, dem wird sie zum Schatz, nicht zur Gefährdung.

Ich habe mich damals, als die Kampfhubschrauber wie Hornissenschwärme über Emona einfielen, mit meinen slowenischen Freunden geängstigt und mit Kommentaren in der *Neuen Kärntner Tageszeitung* dagegen angeschrieben, daß das alte, neugeborene Zwischenreich von Panzerketten niedergewalzt werden könnte.

Vor 70 Jahren schon hatte es der österreichische Okkultist und Dichter Fritz von Herzmanovsky-Orlando in seinen heutigen Grenzen geweissagt: als Spiegelreich, in dem sich dereinst das ganze Abendland in allen seinen Facetten wiederfinden soll.

Das köstliche Geschenk, das die guten Feen am 26. Juni 1991 dem jungen Staat in die Wiege legten, heißt Vieldeutigkeit. Eine andere Identität als diese ist für Slowenien weder wünschenswert noch erreichbar: ein konzentriertes Europa in der Herzgrube des Kontinents zu sein, zu erhalten und zu kultivieren. Keine leichte Bürde für ein kleines Volk. Allein, nur weil sie dieser Sendung Last tragen, vermochten sich die Slowenen der Übermacht zu erwehren. Sie werden eine schöne Zukunft haben, wenn sie in ihrem Teil Mitteleuropas das üben, was der janusköpfige Magier und Künstler Marko Pogačnik die »Heilung der Landschaft« nennt.

JOŽE JAVORŠEK

(1920–1990)

Ich wurde von Nymphomaninnen aller Art verfolgt

Sie erinnern sich doch, nicht wahr, ich war als Zuhälter und unmoralisches Subjekt verurteilt worden, und daher als Spezialist in Sachen Ausschweifung amtsbekannt. Zuerst hatte ich von meinem außerordentlichen Bekanntheitsgrad keine Ahnung, aber dann kam ich ziemlich rasch drauf (meine Kriminellen informierten mich gewissenhaft), daß ich als Mann nicht allein für Mädchen, die sich amüsieren wollten, von höchstem Interesse war, sondern auch für eine bedeutende Anzahl unbefriedigter, verlassener oder enttäuschter Damen. Ich wurde auf einmal von Nymphomaninnen aller Art verfolgt, eine Verfolgung, die sich als aufreibender herausstellte als die psychische Verfolgung, der ich seit meiner Haftentlassung ausgesetzt war.

Was sich die Frauen, die sich die Annehmlichkeiten meines Körpers verschaffen wollten, nicht alles ausdachten! Die erste Kategorie gab sich menschenfreundlich. Da sie wußten, daß ich Arbeit suchte, um mein tägliches Brot zu verdienen, andererseits aber als Haftentlassener überall abgewiesen wurde, luden sie mich zu üppigen Nachtmählern ein, die sodann für gewöhnlich in den Weinbergen des Herrn und im Bett endeten. Einige von ihnen brachten mir Körbe voll Nahrung und Getränke in mein Kurhotel, wo sie die prickelnde Atmosphäre eines Bordells zu spüren glaubten. Im Grunde genommen waren sie mütterliche Typen, versetzt mit einem Schuß christlicher Nächstenliebe und sexuellem Heißhunger.

Die zweite Kategorie erwies sich als gefährlicher. Die Familiengründerinnen. Da sie wußten, daß ich Witwer und Vater eines Sohnes war (und einem berühmten Sprichwort zufolge wiegt ein Witwer neun Junggesellen auf), boten sie mir Wohnungen und ein geregeltes Familienleben an (etwas, das ich nie zuvor erlebt hatte). Sachte glitten sie in mein Privatleben und richteten sich dort häuslich ein, ohne daß ich wußte, wie mir geschah.

Die dritte Kategorie setzte sich aus Mädchen zusammen, die auf meine erotischen Künste neugierig waren. Mir ging der Ruf voraus, auf diesem Gebiet ein großer Künstler zu sein. Ein Ruf, der sich auf meine Anklageschrift stützte, von der damals in der ganzen Stadt die Rede war. Wie auch immer. Den Informationen der Polizei zufolge hatte ich in Paris die höheren Studien in Sachen Erotik absolviert … Zudem war ich durch eine so wichtige und kompetente Institution wie den Gerichtshof als Meister der Verführung offiziell bestätigt worden. Rechnet man diesen außergewöhnlichen Qualitäten noch den legendären sexuellen Appetit hinzu, den sämtliche Haftentlassenen tausendmal beschrieben haben, nimmt es nicht wunder, daß ich in den Träumen junger Mädchenblüten vorkam …

Mein Leben wurde zu einem einzigen Gastmahl. »Alle Herzen öffneten sich, alle Weine flossen in Strömen.« Zwischen meiner strengen und katholischen

Erziehung, meinen moralischen Prinzipien und den tagtäglichen Versuchungen hin und her gerissen, rutschte ich langsam und ohne es wahrhaben zu wollen in einen Zustand permanenter Ausschweifung. Meine Lage als Entrechteter, Verachteter und Arbeitsloser trug viel zu dieser Entwicklung bei. Die sogenannten »normalen« Leute mieden mich und fürchteten jeden Kontakt mit mir. Ich gab mich also mit den »Anormalen« ab. Da mich die Stadt nun einmal für einen Nichtsnutz hielt, warum sollte ich dann von meinem schlechten Ruf nicht auch profitieren? Als Aussätziger brauchte ich Liebe, sie war das Gegengewicht zu meiner unglückseligen Lage. Wenn es auch eine verfälschte, selbstsüchtige, technische oder auch nur alberne Liebe war. Langsam verwandelte sich das Haus der tollwütigen Hunde in ein Bordell, wo die Brüste durch die Luft wirbelten wie in Appolinaires *Brüste des Teresias*. Liebesschreie wetteiferten mit dem brünstigen Fiepen der Ratten.

EDVARD KOCBEK

(1904–1981)

Ich habe mich nicht satt gespielt

Ich habe mich nicht satt gespielt an den Wörtern,
die Sinn tragen, jetzt würde ich mich gern
dem gefährlichen Spiel mit Wörtern hingeben,
die nichts bedeuten und sich selbst Geheimnis sind.

Freiheit ist die schreckliche Freiheit des Nichts.
Auf welche Seite werde ich jetzt treten,
wo die höchste Zeit gekommen ist.
Bisher habe ich gespielt, von nun an werde ich
verborgen in der Erde
unbekannte Wörter sprechen
Äonen hindurch, vielleicht die ganze
Ewigkeit (...)

KAJETAN KOVIČ

(* 1931)

Anleitung zum Gehen

Gehen, gehen,
aus Straßen, Gassen,
Gräsern, Moosen,
gehen, gehen,
und zuzeiten
einen Baum sehen,
einen blakenden Rauchfang,
einen Hund,
gehen, gehen,
und Gedanken wälzen,
luftige und schwermütige,
fadenscheinige und schwungvolle,
gehen, gehen,
im Kreis und auf der Stelle,
wie in der Manege,

auf dem Exerzierplatz,
gehen, marschieren,
schreiten, eilen,
immer dort,
wo die Zukunft
unaufhaltsam,
unwiederbringlich
in Vergangenheit
übergeht,
gehen, gehen,
ohne es zu wollen,
ohne daß es not tut,
sondern weil hier
nichts ist
als dieses
Gehen, Gehen,
allein, ohne Gefährten,
Gefährtin, ohne Tier,
vaterlos, gottlos,
um seinen eigentlichen
Ort zu entdecken
und dann
vom einsamen Pfad
(gehen, gehen)
ruhig den erkorenen Platz
einnehmen, am Sternenzelt
einer Milchstraße
im gewaltigen All.

JOŽE JAVORŠEK

(1920–1990)

Erster Kreis: Das Ende Laibachs ist möglicherweise auch sein Anfang

Jetzt sind wir an der Ljubljanica angelangt.

Dies ist der letzte Kreis der Laibacher Beunruhigung, das Ende Laibachs ist möglicherweise auch sein Anfang.

Einst galt der Glaube, daß die Seelen verstorbener Laibacher die Ljubljanica hinabschwimmen an Orte, von denen nur sie wußten. Sie brauchten nicht in Booten davonzurudern, manchmal hängten sie sich an eine Ente, die stromaufwärts glitt, manchmal an einen Strudel, der aber wegen seiner wechselnden Richtungen unangenehm war, oder auch an einen Bootsfahrer, der in den Flußlauf einfuhr und mit seinem Bug Richtung Krim glitt. Tod ist die Wissenschaft der Begegnung mit dem Endgültigen. Wer eine so schöne Umgebung für die große Abschiedsmesse ersonnen hat, wie es die Ljubljanica ist, dem fällt der Tod überhaupt nicht schwer. Die Ljubljanica ist der natürlichste Weg in menschliche Urzeiten, die von Binsen, Sumpfland und dem einsamen Schein des Mondes umgeben sind. Die Wasser werden von Schnepfengelsen, metaphysischen Bienen, mechanischen Kolibris umflogen, mit den Wassern spielen philosophische Haubentaucher, melancholische Fische und elegante Enten. Die Abende erlöschen auf den Rücken von Mücken oder auf der Brandstätte der Sonne, was völlig egal ist, denn das Wasser trinkt das ganze Licht, es ist sein wahrer Quell. Die Nacht lebt aus der Ljubljanica, denn das Einschlürfen des Lichts war seit je der Urgrund der Nacht. Zwar beruhigt sich dann der Lärm der Schlachten, die die kleinsten, mittleren, ein wenig größeren und größten Tiere gegeneinander führen. Ihre Grausamkeit ist jedenfalls gespannter, als es die der Menschen ist. Wenn sich am Morgen der Himmel zum ersten Mal aus seinem Schlaf rührt, die Decke von sich wirft und seine Nacktheit die Amseln entzückt, flammen die vertrauten Perlen an den Gräsern, dichteren Zweigen und Spinnweben auf. (Die Erde ist trotz allem weiblich.) Dann beginnen die Meetings der Vögel, die zwitschernd diskutieren, bis sich die Sonne, gleich einem schamlosen Kinderkopf, hinter den Bergen zeigt und nachschaut, was es Neues über der Ljubljanica gibt. Es gibt aber nichts Neues. Wenn die Zeit gekommen ist, öffnen alle Blumen rasch ihre Fenster, werden Ente und Enterich, Haubentaucher und -taucherin, Forell und Forelle rasch handelseinig. Wenn sie nicht gekommen ist, kriecht die Sonne auf eine dicke Wolke und ruht, den Rücken der Erde zugekehrt, solange es ihr paßt. Aber wenn sie zu lange schläft, werden die Pappeln ärgerlich und fangen an, den Himmel anzubohren, und sie bohren so lange, bis sie Löcher gebohrt haben, durch die sich der Regen ergießt. Dann tun sich die stets dichten und verführerischen Weiden gütlich, denn ihre Bühnenrolle ist das Weinen, Weinen kann man aber nicht ewig, deshalb Dank den Pappeln, die für Tränenersatz sorgen. Mit Verbeugungen, bei denen der Wind Regie führt, danken sie der Schöpfung, zugleich aber schützen sie im Hafen ihres Haars die Fasane und den Wilden Mann.

Nichts gibt es auf der Ljubljanica, was an das 20. Jahrhundert oder an die Zivilisation erinnerte. Alle Geräusche der modernen Welt sind abgewürgt, nur die Urvorzeit rauscht still und treu, so daß sich der Mensch schämt, nicht in ein Tierfell gekleidet zu sein oder die Grenzen des Lebens noch nicht überschritten zu haben. Alles duftet nach Ursprünglichkeit, nach den Ritualen des Alls, nach Vogelgöttern, nach verwunschenen Fischen, nach Riesenfrauen, nach dem Ursinn von allem.

Einzig auf der Ljubljanica ist es möglich, Ljubljana zu verlassen – und für immer unter den Sternen zu verschwinden.

QUELLENVERZEICHNIS

Louis Adamič (1898–1951), *Ich war froh, zurückgekehrt zu sein.* Aus dem Slowenischen von Klaus Detlef Olof. Aus: Vrnitev v rodni kraj (The Natives return). (c) Cankarjeva založba, Ljubljana 1962, S. 17–20.

Ain newes lied von den kraynnerischen bauren. Aus: Letopis Matica slovenske za leto 1877, S. 200.

Als wahr mir Gott helfe. Schwur der Bürger zu Ljubljana, 1599. Zitiert nach Ivan Vrhovec. Aus: Ivan Stopar, Spaziergänge durch das alte Ljubljana. Aus dem Slowenischen von Marija Javor Briški. Marketing 013 ZTP, Ljubljana 1992, S. 62.

Ernst Moritz Arndt (1769–1860), *Sehnsucht nach der Ferne.* Aus: Traumreisen und Grenzermessungen. Herausgegeben von Klaus Detlef Olof und Miloš Okuka. Drava Verlag, Klagenfurt/Celovec 1995, S. 58–62.

Ivan Cankar (1876–1918), *Das Sechserl.* Aus: Slowenische Novellen. Herausgegeben und aus dem Slowenischen von Franz Hille und Stanislaus Hafner. Adolf Luser Verlag, Wien und Leipzig 1940, S. 7–14. *Wo die gerechten Richter sind.* Aus: Knecht Jernej und sein Recht. In: Aus fremdem Leben. Erzählungen und Novellen. Aus dem Slowenischen von Erwin Köstler. (c) Drava Verlag, Klagenfurt/Celovec 1997, S. 191–196.

Izidor Cankar (1886–1958), *Ein Räubernest von Ehrenmännern.* Aus dem Slowenischen von Simone Steharnig und Klaus Detlef Olof. Aus: Leposlovje – eseji – kritika II. (c) Verlag Slovenska Matica, Ljubljana 1969, S. 9 f.

Denkbuch der Unterthanstreue im Herzogthume Krain. Herausgegeben von V. F. Klun für den krainischen historischen Verein. Laibach 1853, S. 5 f.

Gerichtsprotokoll 1660. fol 186. Zitiert nach Ivan Vrhovec. Aus: Ivan Stopar, Spaziergänge durch das alte Ljubljana. Aus dem Slowenischen von Marija Javor Briški. Marketing 013 ZTP, Ljubljana 1992, S. 97.

Anastasius Grün (1806–1876), *An Preširen.* Aus: Edward Samhaber, Preširenklänge. Verlag Kleinmayr & Bamberg, Laibach 1880, S. 13.

Carl von Hailbronner (1837), *Illyrien empfahl sich uns schlecht bei unserm Eintritt.* Aus: Cartons aus der Reisemappe eines deutschen Touristen. Gesammelt und herausgegeben von Carl von Hailbronner. Drittes Bändchen. Verlag der J. G. Cotta'schen Buchhandlung, Stuttgart und München 1837, S. 6 f.

Fritz von Herzmanovsky-Orlando (1877–1954), *Das Reich der Tarocke.* In: Das Maskenspiel der Genien. Aus: Sämtliche Werke, Band III. (c) Residenz Verlag, Salzburg und Wien 1989, S. 13–17.

Gert Hofmann (1932–1993), *Zu nahe, viel zu nahe.* Aus: Die Fistelstimme. (c) Residenz Verlag, Salzburg und Wien 1980, S. 5–8.

Ivan Hribar (1851–1941), *Abschiedsbrief vom 18. 4. 1941.* Aus dem Slowenischen von Klaus Detlef Olof. Aus: Emil Frelih, Boj brez puške. Ljubljana 1984, S. 83.

Drago Jančar (geb. 1948), *Nur für einen Augenblick hatte Er sich gezeigt, Und von diesem Augenblick an war sie Staatseigentum.* Aus: Der Galeot. Aus dem Slowenischen von Klaus Detlef Olof. (c) Wieser Verlag, Klagenfurt/Celovec 1991, S. 199–202, 212–217.

Jože Javoršek (1920–1990), *Neunter Kreis: Unvorhergesehenes Spiel.* Aus dem Slowenischen von Klaus Detlef Olof. *Achter Kreis: Ungewöhnlich schön ist der Anblick der Ljubljanica.* Aus dem Slowenischen von Klaus Detlef Olof. *Siebenter Kreis, I: Der erste und einzige literarische Salon der Slowenen.* Aus dem Slowenischen von Klaus Detlef

Olof. *Siebenter Kreis, II: Zuhauf kommen Seelen die Ljubljanica herab*. Aus dem Slowenischen von Katharina Roblek und Klaus Detlef Olof. *Sechster Kreis: Geliebte des Himmels und des Glücks*. Aus dem Slowenischen von Jana Jelen und Klaus Detlef Olof. *Fünfter Kreis: Urbane Unordnung*. Aus dem Slowenischen von Klaus Detlef Olof. *Vierter Kreis: Erbarmen!* Aus dem Slowenischen von Klaus Detlef Olof. *Dritter Kreis: Jedes Umherwandern hat seine besondere Dekoration*. Aus dem Slowenischen von Klaus Detlef Olof. *Zweiter Kreis: Das Emporstreben liegt in ihrer Natur*. Aus dem Slowenischen von Klaus Detlef Olof. *Erster Kreis: Das Ende Laibachs ist möglicherweise auch sein Anfang*. Aus dem Slowenischen von Klaus Detlef Olof. Aus: Vodnik po Ljubljani. Obzorje, Maribor 1965. (c) Marija Javoršek. *In meiner kafkaesken Stadt, Ich wurde von Nymphomaninnen aller Art verfolgt*. Aus: Gefährliche Erinnerung. (c) Wieser Verlag, Klagenfurt/Celovec 1989, S. 198 ff., 200 ff.

Vida Jeraj-Hribar (1875–1932), *Abendsonate*. Aus: Spomini z Dunaja, Pariza in Ljubljane 1902–1933. Mit einem Vorwort von Marjan Kovačevič. (c) Mladinska knjiga, Ljubljana 1992, S. 55 f.

Miha Kastelic (1796–1868), *Literarische Anzeige*. Aus: Prešernova čitanka. Herausgegeben von Avgust Žigon. Tiskarna Družbe sv. Mohorja, Prevalje 1922, S. 89.

Edvard Kocbek (1904–1981), *kaffeehaus figovec*. Aus: Dichtungen. Herausgegeben und aus dem Slowenischen von Wilhelm Heiliger. (c) Verlag Chr. Gauke, München 1978, S. 51. *Nur wenige Kilometer bis Ljubljana, zu unserer heiligen Stadt*. Aus dem Slowenischen von Klaus Detlef Olof. Aus: Pred viharjem. (c) Slovenska matica, Ljubljana o. J., S. 153 f. *Ich habe mich nicht satt gespielt*. Aus: Aschenglut. Aus dem Slowenischen von Klaus Detlef Olof. (c) Wieser Verlag, Klagenfurt/Celovec 1996, S. 99.

Albert Köhler (1930), *Fahrt nach Laibach*. Aus: Traumreisen und Grenzermessungen. Herausgegeben von Klaus Detlef Olof und Miloš Okuka. Drava Verlag, Klagenfurt/Celovec 1995.

Emil Korytko (1813–1839), *Den Schönen Laibachs*. Aus: France Prešeren, Pesmi. Novo berilo I. Wieser Verlag, Klagenfurt/Celovec 1997, S. 234 f.

Janko Kos (geb. 1931), *Joyce. Der Zug hielt in einer unbekannten Stadt.* Aus dem Slowenischen von Klaus Detlef Olof. Aus: Portrait eines Künstlers als junger Mann. Aus dem Vorwort der slowenischen Ausgabe. (c) Cankarjeva založba, Ljubljana 1988, S. 5.

Srečko Kosovel (1904–1926), *Gespräch mit Trubar, schlafendes ljubljana*. Aus: Integrale. Ausgewählt und aus dem Slowenischen von Wilhelm Heiliger. Verlag Rudolf Trofenik, München 1976, S. 77, 44.

Kajetan Kovič (geb. 1931), *Der Ozean, Anleitung zum Gehen.* Aus: Sommer. Aus dem Slowenischen von Fabjan Hafner. (c) Wieser Verlag, Klagenfurt/Celovec 1999.

Juš Kozak (1892–1964), *Die Wirtshäuser meiner Geburtsstadt*. Zitiert nach: Ivan Stopar, Spaziergänge durch das alte Ljubljana. Aus dem Slowenischen von Marija Javor Briški. Marketing 013 ZTP, Ljubljana 1992, S. 75.

Adalbert Joseph Krickel (1791–1847), *Der Himmel führte mich ins Wirtshaus*. Aus: Traumreisen und Grenzermessungen. Herausgegeben von Klaus Detlef Olof und Miloš Okuka. Drava Verlag, Klagenfurt/Celovec 1995, S. 99–102.

Robert Löbl und Ernst Neumayr (1976), *Ljubljana oder Laibach?* Aus: Traumreisen und Grenzermessungen. Herausgegeben von Klaus Detlef Olof und Miloš Okuka. Drava Verlag, Klagenfurt/Celovec 1995.

Karel Hynek Mácha (1810–1836), *Übelkeit. Wälzte sich darin.* Aus dem Slowenischen von Klaus Detlef Olof. Aus: Dialogi 12, 1981.

Josip Mal (1957), *Doch nahm die Farbskala stark an Buntheit zu*. Aus dem Slowenischen von Klaus Detlef Olof. Aus: Stara Ljubljana in njeni ljudje, Ljubljana 1957, S. 127 ff.

Janez Menart (geb. 1929), *Aufbruch*. Aus: Beschwingter Stein. Gedichte zeitgenössischer Dichter aus Jugoslawien. Gesammelt und nachgedichtet von Ina Jun Broda. (c) Verlag Jugend und Volk, Wien, München 1976, S. 65.

Ivan Minatti (geb. 1924), *Allein sind wir, Pappel*. Aus: Beschwingter Stein. Gedichte zeitgenössischer Dichter aus Jugoslawien. Gesammelt und nachgedichtet von Ina Jun Broda. (c) Verlag Jugend und Volk, Wien, München 1976, S. 27.

Marko Pavček (1958–1979), *Stück für Stück*. Aus dem Slowenischen von Michael Vrbinc. Aus: Lesezirkel. Literarische Städtereise: Graz – Ljubljana – Trieste – Klagenfurt. Nummer 24, 4. Jahrgang, Wien 1989, S. 14. (c) beim Autor.

France Prešeren (1800–1849), *Dem Andenken des Matthias Čop*, *An Stanko Vraz*, *Für Emil Korytko*. Aus: Pesmi. Novo berilo I. Wieser Verlag, Klagenfurt/Celovec 1997, S. 220–223, 272 ff., 236. *Sem dolgo upal / Hab lang gehofft*. Aus dem Slowenischen von Klaus Detlef Olof. Hermagoras Verlag, Klagenfurt/Celovec 1998.

Ivan Prijatelj (1875–1937), *Hier lebte dieses literarische Proletariat*. Aus: Ivan Stopar, Spaziergänge durch das alte Ljubljana. Aus dem Slowenischen von Marija Javor Briški. Marketing 013 ZTP, Ljubljana 1992, S. 182.

Edward Samhaber (1846–1927), *Ein ganz eigener melancholischer Hauch*, *Man entsetzte sich vor den Liebessonetten*, *Prešeren und Čop*. Aus: Preširenklänge. Verlag Kleinmayr & Bamberg, Laibach 1880, S. 84 f., 19 f., 9 ff.

Johann Gottfried Seume (1763–1810), *Jeden Tag gut essen und jede Nacht gut schlafen* Aus: Seumes Werke in zwei Bänden, Berlin und Weimar 1977, S. 213–220.

Anton Martin Slomšek (1800–1862), *In Laibach ist es etwas Unerhörtes, einen Geistlichen im Theater zu sehen*. Aus: Anton Martin Slomšek, Fürst-Bischof von Lavant, dargestellt in seinem Leben und Wirken von Franz Kosar. Druckerei Eduard Janschitz, Marburg 1863, S. 28 f.

Bertram Karl Steiner (geb. 1948), *Januskopfige Gestalten.* Aus einem bisher unveröffentlichten Manuskript. (c) beim Autor.

Ivan Stopar (geb. 1929), *Die Legenden sind ein Teil der Wirklichkeit, Ein feierliches Konzert.* Aus: Spaziergänge durch das alte Ljubljana. Aus dem Slowenischen von Marija Javor Briški. (c) Marketing 013 ZTP, Ljubljana 1992, S. 201, 153.

Gregor Strniša (1930–1987), *Abendliches Märchen.* Aus: Beschwingter Stein. Gedichte zeitgenössischer Dichter aus Jugoslawien. Gesammelt und nachgedichtet von Ina Jun Broda. (c) Verlag Jugend und Volk, Wien, München 1976, S. 67.

Tomaž Šalamun (geb. 1941), *Der ungläubige Enkel.* Aus dem Slowenischen von Fabjan Hafner. Aus: Lesezirkel. Literarische Städtereise: Graz – Ljubljana – Trieste – Klagenfurt. Nummer 24, 4. Jahrgang, Wien 1989, S. 14. (c) beim Autor. *Mrk.* Aus: Beschwingter Stein. Gedichte zeitgenössischer Dichter aus Jugoslawien. Gesammelt und nachgedichtet von Ina Jun Broda. (c) Verlag Jugend und Volk, Wien, München 1976, S. 21.

Rudi Šeligo (geb. 1935), *Brot.* Aus dem Slowenischen von Fabjan Hafner und Klaus Detlef Olof. Aus: Lesezirkel. Literarische Städtereise: Graz – Ljubljana – Trieste – Klagenfurt. Nummer 24, 4. Jahrgang, Wien 1989, S. 15 f. (c) beim Autor.

Ivan Tavčar (1851–1923), *Der Laibacher Kongreß.* Aus dem Slowenischen von Klaus Detlef Olof. Aus: Izza Kongresa. In: Zbrana dela 1–6, 1921–1932. *Wir saßen im Schatten einer wilden Kastanie.* Aus: Herbstblüte. Aus dem Slowenischen von Herta Kralj und Josef Friedrich Perkonig. Eduard Wancura Verlag, Wien und Stuttgart 1953, S. 19–22.

Jože Udovič (1912–1986), *Und trotzdem.* Aus dem Slowenischen von Klaus Detlef Olof. Aus: Lesezirkel. Literarische Städtereise: Graz – Ljubljana – Trieste – Klagenfurt. Nummer 24, 4. Jahrgang, Wien 1989, S. 16. (c) beim Autor.

Johann Weikhard von Valvasor (1641–1693), *So wollen wir berichten.* Aus: Die Ehre des Herzogthums Krain. XI. Buch. Laibach 1689, S. 709–712.

Ilka Vašte (1891–1967), *Mit Bürgermeister Hribar in der Tramway.* Aus dem Slowenischen von Klaus Detlef Olof. Aus: Emil Frelih, Boj brez puške. Ljubljana 1984, S. 80 f.

Peter Vervoort (1940), *Der fliegende Koffer.* Aus: Traumreisen und Grenzermessungen. Herausgegeben von Klaus Detlef Olof und Miloš Okuka. Drava Verlag, Klagenfurt/Celovec 1995.

Josip Vidmar (1895–1992), *Was tun für unser Schicksal, was tun für unsere Existenz?* Aus: Zwischen Verzicht und Behauptung. Essays zur Identitätsfindung des slowenischen Volkes. Aus dem Slowenischen von Franci Zwitter jun. (c) Drava Verlag und Editoriale stampa Triestina, Klagenfurt und Triest 1984, S. 31–34.

Jani Virk (geb. 1962), *Sergij, der alte Rädelsführer der Dissidentenrotte, Er nagte an ihren Ohren.* Aus: Sergijs letzte Versuchung. Aus dem Slowenischen von Fabjan Hafner. (c) Wieser Verlag, Klagenfurt/Celovec 1998, S. 23–28, 14–17.

Ciril Zlobec (geb. 1925), *Slowenisches Sonett.* Aus: Beschwingter Stein. Gedichte zeitgenössischer Dichter aus Jugoslawien. Gesammelt und nachgedichtet von Ina Jun Broda. (c) Verlag Jugend und Volk, Wien, München 1976, S. 112.

Oton Župančič (1878–1949), *Unhörbar naht die Nacht.* Nachdichtung von Hermann Hiltbrunner. Aus: Jugoslavische Anthologie. Herausgegeben von Katharina A. Jovanovits. (c) Rascher Verlag, Zürich 1932, S. 77 f.

EUROPA ERLESEN

Bisher erschienen in der Reihe EUROPA ERLESEN folgende Bände:

BERLIN, DALMATIEN, DUBLIN, FRIAUL, GALIZIEN, ISTRIEN, KÄRNTEN, KARST, LJUBLJANA, MÄHREN, MOSKAU, PRAG, ROM, SALZKAMMERGUT, SANKT PETERSBURG, TRIEST, VENEDIG, WIEN, ZÜRICH, SOWIE

die Themenbände IN ANDERER AUGEN, SENZA CONFINI – BREZ MEJA – OHNE GRENZEN, WEIHNACHTEN

Pressestimmen zu EUROPA ERLESEN

Herzlichen Dank für das schöne Buch Europa Erlesen Dalmatien. Der Band und die Auswahl könnten nicht besser sein, in jeder Hinsicht gelungen. Ich bin zwar selbst kein Freund von Anthologien. Doch ist mir klar, daß eine »europäische« Literatur ohne solche Sammlungen noch schwerer entstehen würde. Ich bin froh, in dem Band vertreten zu sein.

(Paul Parin)

Aus diesen Büchern wächst das Land.

(Univ.-Prof. Dr. Günther Hödl)

Durch die Blicke von Außen und von innen bieten diese kleinen Bände ein vielseitiges Portät von Landschaften und Städten, sodaß allein schon die Lektüre zu einem buchstäblichen Reiserlebnis wird.

(Neue Zürcher Zeitung)

Die Fangemeinde kann die bemerkenswert handlichen Anthologien mit Texten berühmter Literaten und Lyriker so zielgerichtet konsultieren wie strenggläubige Christen den Katechismus. Die in der Reihe EUROPA ERLESEN erschienenen Titel eignen sich eben nicht nur als Reisebegleiter für tiefschürfende Trips, sondern auch für die Kurzferien vom Fernsehsessel. ... Individuelle Betrachtungen sind in Nachlesebüchern gesammelt, die man auch prächtig vorlesen kann.

(Frankfurter Rundschau)

Das alte Europa als unentdeckter Kontinent – dieses Paradox kann zumindest in einer Hinsicht Geltung für sich beanspruchen: Die literarische Landkarte des Abendlands weist gerade für den deutschsprachigen Leser noch viele weiße Flecken auf. ... Gerade in einer Zeit die im Osten politische und im Westen ökonomische Grenzlinien zu Fetischen kultureller Identität macht, kommt der Aufmerksamkeit für Randregionen ein gesteigerter Wert zu: in der Schnittmenge von Eigen- und Fremdbild entsteht das unverwechselbare Profil von Gegenden, die sich selbstbewußt in die Vielfalt Europas einpassen.

(Neue Zürcher Zeitung)

Eine ausgezeichnete Idee des Klagenfurter Verlegers Lojze Wieser bringt unter dem Leitwort »Europa Erlesen« neuartige und sehr gefällig gestaltete Landschafts- und Wanderbücher heraus (Karst, Istrien, Triest, Venedig, Wien...), allerdings keine touristischen. Mit viel Sorgfalt und ruhigem Bedacht sind literarische Zeugnisse mehrsprachiger Herkünfte, unterschiedlicher Heimatgefühle, Erfahrungen und Blickpunkte nebeneinandergestellt.

(Hubert Lendl, Bücher Bord)

Bereits im letzten Herbst startete der Klagenfurter Wieser Verlag die literarisch wie geographisch anspruchsvolle Reihe »Europa Erlesen«. In der Zeit von Globalisierung und Eurofizierung betonen diese Publikationen die Unterschiede zwischen den Regionen. Texte bekannter und weniger bekannter Dichter öffnen die Wunderkammern der kleinen Räume.

Begonnen hat Herausgeber Lojze Wieser seine Europaerschließung in der vertrauten Umgebung des alten Mitteleuropa mit Städten und Regionen wie: Triest, Venedig, Wien, Istrien. Titel wie Karst und Mähren versprechen Entdeckungsreisen in literarische Landschaften, die scheinbar dem 19. Jahrhundert angehören und doch gegenwärtig sind in Gefühl und Geist ihrer Liebhaber. Diese Bücher halten ihr Versprechen: Aus den blinkenden Steinchen von Feuilletons, Gedichten, Landschaftsbetrachtungen und Portraits entsteht als dichtes Mosaik ein Bild von Lebensweise und Kultur, wie es kein Reiseführer vermitteln kann. Handlich, mit Goldprägung und Lesebändchen sind die kleinformatigen Büchlein wahre Kleinodien.

(Tobias Gohlis, Die Zeit)

An bildungswillige und von Fernweh befallene Zeitgenossen richtet sich »Europa Erlesen« (...). Die Bände (...) vereinen ein repräsentatives Kunterbunt aus literarischen Beiträgen zu jeweils einer Stadt oder Region und eignen sich vorzüglich als stumme Gefährten – für tatsächliche Reisen und auch solche daheim im Fauteil.

(Walter M. Weiss, Diners Club)

»Europa Erlesen« heißt Wiesers Projekt, für das die verstaubten Handwerkszeuge des enzyklopädischen Zeitalters aus dem methodischen Winkel hervorgekramt wurden. Die haben nun mit den technischen Hilfsmitteln moderner Kartographie rein gar nichts zu tun. Auf Computergrafiken oder generierte Bilder, Satellitenaufnahmen und all den lustigen Firlefanz, der die einschlägigen Werke ziert, kann Wieser leicht verzichten. Er vertraut dem genauen Hinsehen, dem geduldigen Zuhören, er pflegt die Tugenden des Sammlers, der an Plätzen, die er kennt, das Unerwartete findet und entdeckt.

»Europa Erlesen« ist auch deshalb ein altmodisches Vorhaben, weil es dem naiven Glauben an die Erzählbarkeit der Welt treu bleibt. Es geht davon aus, daß dieser Kontinent, seit alters her in Kriegen geschunden und geschändet, seine Würde im literarischen Text bewahrt, seinen Sinn in die Kunst hinübergerettet hat.

(Samo Kobenter, Der Standard)

Edel gebunden, eignen sich die Büchlein in den handlichen Abmessungen für die Lektüre zwischendurch. Es sind literarische Spaziergänge durch die Jahrhunderte.

(Die Presse)

Das Bild, das aus der Vielfalt der Textbeiträge entsteht ist … sehr viel bunter als der beste Farbdruck vermitteln könnte. – wärmstens zu empfehlen, weil es neben Bekanntem auch sehr viel Rares enthält.«

(Josef Handlechner, Salzkammergut Zeitung)

»Europa Erlesen« solle eine »Schatzsuche und zugleich Entdeckungsreise sein nach einen Gobelin der Kulturen und der Verknüpfung von Bildern«, so Lojze Wieser. Die bereits erschienen Bände erfüllen allesamt diesen Anspruch. Die jeweiligen Herausgeber haben sich auf Verlegenheitslösungen, wie sie bei derartig spezifischen Reihen vorkommen, konsequent nicht eingelassen.

(Michael Stadler, Salzburger Nachrichten)

»Von Venedig ist schon viel erzählt und gedruckt worden.« Man stößt aber auch auf Namen, die eben nicht zu den immer und immer wieder zitierten Klassikern gehören wie Guido Ceronetti, Milo Dor, Dino Buzzati. Und man entdeckt Texte von Autoren, von denen man nicht wußte, daß sie auch zu den Bewunderern Venedigs gehören wie etwa der kubanische Romancier Alejo Carpentier. Auch eine Auswahl von Gedichten ist abgedruckt, z. B. das wunderbare »Mein Venedig stirbt nie« von Rose Ausländer. Man merkt schnell, daß dieser Band mit großem literarischen Wissen und mit viel Liebe auch für das bucheditorische Detail (natürlich mit Lesebändchen) gemacht wurde. (...)

Zum Reisen nach Venedig und für das Flanieren durch Venedig hat es eine ideale Form. Es erscheint in einer Reihe (»Europa Erlesen«), von der man sich jeden Band in seiner privaten Bibliothek wünschen würde.

(Frankfurter Rundschau)

Echte Kulturmenschen erkennt man in Zukunft daran, ob sie diese kleinen Büchlein eingesteckt haben.

(Karin Resetarits, ORF Treffpunkt Kultur)

An Handlichkeit und schönem Design sind die kleinen literarischen Anthologien aus dem Wieser Verlag unübertroffen (...). Daß Istrien ebenso wie der Karst oder Mähren zu den weniger bekannten Regionen Europas zählen, ist ein weiterer Pluspunkt für die neue Reihe. Der Verlag hat es sich zum Ziel gesetzt, Europa auch und ganz besonders an seinen Rändern zu »erlesen«, politische Grenzen spielen in diesem Konzept keine Rolle, denn es geht nicht um das Europa der EU, sondern um den gesamten Kontinent – von Island bis zu den Karpaten.

(Frankfurter Allgemeine Zeitung)

Guten Tag. Ich habe eben Ihre Buchreihe, die ersten sechs Bände »Europa Erlesen«, gekauft, entdeckt, und möchte Ihnen einmal auf diesem Wege – ich werde versuchen, Sie auch noch so zu erreichen – gratulieren. Ich habe wirklich selten eine so wundervolle kleine Buchreihe gesehen, sie ist perfekt ediert, unglaublich schön und liebevoll gemacht, man ist ganz gespannt, wie es weitergeht, man wird nicht fertig mit Anschauen, Halten, es sind perfekte Bücher rundherum.

Das möchte ich Ihnen einfach gerne sagen. Ich bin riesig glücklich und die Intention und die Ausgabe sind hinreißend, soweit ich es jetzt schon durchgelesen habe. Ich bin wirklich ganz, ganz angetan und ich glaube, so etwas sollten Sie von einem Leser hören.

(Ein Leser)

Eine Einstiegsdroge – ohne diese kleinen Bände mag man gar nicht mehr verreisen.

(Uschi Loigge, Kleine Zeitung)

Eine Reihe von kleinen, handlichen, gehaltvollen Bänden, die ein Wegweiser sein möchten und dem Leser die »Möglichkeit der Auswahl der Richtung« bieten. (...) Die Reihe empfiehlt sich nicht nur wegen des handlichen Formats und berühmter Autoren, sondern gerade wegen der aufklärerischen Intention als Leselektüre für alle, die an einem Kulturhaus Europa interessiert sind.

(Martin Cavelis, Interkulturell)

Ganz konsequent wird in dieser Reihe mit der Sprache kartographiert, auf daß die Bilder im Kopf des reisenden Lesers fast wie von selbst entstehen.

(Stefan Eggert, Süddeutsche Zeitung)